エルザ

illustration ハナツカシオリ

ノード

貧乏貴族ノードの冒険譚

Nord's Adventure
Presents by Shouichi Kurokawa

黒川彰一
illustration エナミカツミ

1

c o n t e n t s

第一章 貧乏貴族ノード

書き下ろし

第一章
貧乏貴族ノード

プロローグ　彼が冒険者になった理由

貧乏子沢山とはよく言ったもので、その法則からは身体に青い血が流れていようとも逃れられないらしい。

そんなことをノードは考えた。

ノードは貴族の末枝に名を連ねている。家はイルヴァ大陸東部に位置するハミル王国の貴族、フェリス家だ。

フェリス家は、ハミル王国が建国される前から、時の建国王アルバ一世に仕えていた由緒正しきお家柄だ。その後も王家に代々出仕しており、王家の覚えも目出度《めでた》いとかなんとか。

しかしだ。結局のところ、名誉だ何だと言っても、それで腹は膨れない。

フェリス家は歴史と伝統こそあれど、その階級は勲六等に叙《じょ》される騎士爵家に過ぎない。俸禄《ほうろく》も銀貨十六枚――四人扶持《ふち》（大人一人が一年にかかる生活費が銀貨四枚だと言われている）に過ぎず、加えて役職手当である衛兵長の手当ても、同じく銀貨十六枚で四人扶持である。

合計で八人も養えるのであれば、十分金持ちではないか。

そう考える人もいるかもしれないが、そうは問屋が卸さない。

天下に憚《はばか》ることない、王家の直臣である我がフェリス騎士爵家は、当然ながらその貴族としての体面を保つために使用人を雇う必要がある。最低でも家を取り仕切る家令が一人に、メイドを取りまとめるメイド長である。実際にはその下にメイドを何人か雇うことになる。

更に我がフェリス騎士爵家は、そのお役目である衛兵長としての役割を果たす必要がある。衛兵長は衛兵を取り纏める役割であるから、単身で出仕すれば事足りる平衛兵と違い、最低でも二人の戦力を連れてくる必要がある、と法律で定められている。

また、貴族には、兵とは別に貴族個人に仕える従者がいるのが普通である。

従者がいない貴族など、下位の法衣貴族位なものであり、武家であれば、必ず従者が存在すると言い切れる。

ここで計算。家令として執事を一人に、メイド長を一人、兵を二人に従者を一人。計五人扶持が必要である。

これに合わせてフェリス騎士爵夫妻で七人扶持。子供は一人で半人扶持（銀貨二枚）と言われているので、子供が二人いれば予算ギリギリである。

では、我がフェリス家には何人の子女がいるのか。

それは――十二人である。

一体全体何を考えているのか、それは当然の疑問ではあるが、残念なことにノードはその疑問への答えを持ち合わせていなかった。

強いて言うのであれば、フェリス家当主とその夫人は大層仲が良く、さらにメイド長以下メイドたちも、当主の愛人として愛を育んでいるのが原因ではある。

兄弟の構成としては、今年二十二歳になる長兄のアルビレオがおり、その下に長女である二十歳のハンナ、次兄のヨハンが十八歳で、続く三男――四番目の位置に十六歳のノードがいた。

次女のリリアが十三歳で、その次が四男エレンが六歳で三女アイリス五歳なのを考えると、年齢が開いている辺り、多少は子供を作り過ぎて不味いと考えたのだろう。

しかし再び出産ラッシュが相次ぎ、四女ヘレナが四歳に五女フランカが三歳、六女ミリアが二歳で、止《とど》めが今年生まれた双子の男女――五男クリストファーに七女クラリッサの合計十二人兄弟である。

当然、生活費が足りない。

ノードを含めた上の兄弟姉妹のときでさえ、金銭が足りず親戚に支援して貰いようやく飯が行き渡るという有り様だった。だというのに、現状の家族の人数はさらに倍である。

幸いにも、長男と次男は成人しているため、二人の生活費はかからない。

長男のアルビレオが騎士団に出仕しており、衛兵として給与を得ているのと、次男のヨハンが親戚の家に婿入りしているためだ。

その一方、長女のハンナは悲惨な状況であった。

ハンナは花嫁修業を兼ねて他家でメイドとして働きながら、内職として縫い物をしていた。昔から手先が器用だったハンナのつくる刺繍は大変評判がよく、それなりの値が付いたが、その代金は、大半がフェリス家の支援に使われた。

そんなハンナは、今年で二十歳になるが、いまだに未婚である。気立ても良く、身内の贔屓目《ひいき》を除いても美しい容貌をしたハンナは、それなりに適齢期の男から人気があるのだが、残念なことに我がフェリス家には、彼女を嫁に行かせるだけの持参金が存在しなかったのである。

それ故、二十を過ぎると行き遅れと言われても致し方のないハミル王国において、未だに彼女はフェリス家のために働き、嫁に行くことができないでいた。

そして四番目の子供、三男のノードは決意した。

自分がなんとか金を稼ぎ、ここ数年で逼迫したフェリス家の家計をなんとかするのだ、と。

そして幼い頃から可愛がってくれた姉のハンナを嫁に行かせ、そして数年後には結婚適齢期になる妹のリリアには、ハンナと同じ気苦労を味わわせないのだと誓った。

そのために、ノードは貴族の騎士爵家であれば必ず行く軍学校への進学を諦めた。

軍学校は、王に使える軍人としての心構えなどを叩き込まれる場所である。騎士になるための登竜門であり、軍学校を卒業さえすれば、一代貴族に任命されることができた。

そして、戦などで活躍して手柄を上げることで、一代貴族から世襲貴族への道が開かれる。

これが、ハミル王国の一般的な貴族家の、次男以降に許された立身出世の道筋であった。

また、他家への婿入りを目指す場合も、この軍学校の卒業が必ず必要となる。何故ならば、一代貴族の騎士ですらないものを自家の跡取りとしたい貴族など存在しないからだ。(現に、次男のヨハンは騎士に叙されてから、女子しかいない親戚の家に婿入りした)

法衣貴族ならいざ知らず、武家出身であるノードには、特殊技術など存在しない。精々が当主や兄たちに手解《てほど》きを受けた剣術程度であり、そんなものは他家の貴族にとってはなんのアピールにもならないのだ。よって、ノードの決断は、自分のルーツである青い血を捨て去る決断に他ならない。

しかし、とノードは思うのだ。

赤貧にまみれようとしている我がフェリス騎士爵家は、やはり自分の愛すべき実家なのだと。

両親も、兄姉と、弟妹も、執事もメイド長もメイドたちも、従者と兵の出入りするあの家が好きなのだ。

だからこそ、ノードは自分の全てを捨てて、冒険者になることを決めた。

1　ギルドへ登録

王都の外れにある冒険者ギルドは、その用途に相応しい佇まいをしていた。木造の建物ではあるが、堅牢な造りであり、なる程、これなら荒くれ者である冒険者が出入りする建物に相応しいだろう。

冒険者ギルドの紋章が象《かたど》られた看板が据え付けられた扉を押せば、軋んだ音と共にギルド内の喧騒がわっと耳に入ってきた。

冒険者たちが集まる酒場は、大体が都市外周に存在しているが、それは巷で言われている理由――モンスターが出たときの対応がしやすいだとか、汚れた格好で中心部まで出入りされると困るから――というよりも、案外単純に騒音が激しいからだろうか、とノードは考えた。

多分、外にいたときにそれほど騒々しくなかったのは、【静寂《サイレント》】の魔法か何かが建物にかけられているのだろう。しかしそれも扉を開けば外に漏れてしまう。人の出入りが激しい冒険者ギルドは、自然と秩序が好まれる中心街に近いところには不向きなのだ。

ノードはそんなことを考えつつ、冒険者ギルド内部の様子を眺めた。

入り口から真正面。真っ直ぐに進んだところには、大きな帳場《カウンター》が据え付けられている。そこには何人もの冒険者ギルドの職員が揃いの制服に身を包んで働いていた。

王都だけあって、ここの冒険者ギルドは規模が大きいのだろう。帳場《カウンター》に並んだ十人近くの冒険者ギルドの職員たちは、先ほどからひっきりなしに手を動かして書類の整理や来客の対応に追われていた。

帳場《カウンター》は入り口から見て右手側。そちらに向かって伸びるように設置されており、一番壁に近い『十番』と書かれた帳場《カウンター》の向こうには、帳場《カウンター》内部への出入口なのだろう。『組合職員以外立入禁止《スタッフオンリー》』と書かれた扉があった。

反対に入り口から見て左手側。カウンターを素通りして進むと奥の空間へと続いており、そこには酒場があった。

冒険者ギルドは別名が『冒険者の酒場』と呼ばれているくらいで、どの街の冒険者ギルドに行っても、その規模に拘《かか》わらず、必ず酒場が併設されていると聞いたことがある。

その理由としては二つの説があった。

ギルドが出した依頼を請け（正確には仲介）、その報酬を受け取った冒険者たちは小金持ちになっているので、そこでギルドの経営する酒場で飲み食いさせて、再び金銭をギルドへと還元させる狙いがある、という金銭再回収説。

そして行儀がよくない冒険者が、冒険者ギルドの外で飲み食いして酔って暴れると、彼ら冒険者を管轄する冒険者ギルドに苦情が入るから、せめて目の届く場所にいさせているのだ、という意見の隔離管理説。

この二大有力説が、その理由と考えられているが、ノード自身はその二つともが正解だと思っている。

そこまで思考を巡らしていたところで、並んでいた客の列が捌《は》け、他に誰も並んでいない帳場《カウンター》が出来た。

ノードはその帳場《カウンター》へと近付いた。

「冒険者ギルドへようこそ！　本日のご用件は何でしょうか？」

ノードの生家であるフェリス家に仕える、メイド長ですら文句を付けられない完璧な発音と笑顔だった。

先ほどまで大量の仕事を捌いていて疲労もあるだろうに、それを感じさせない接客に内心感心しながら、ノードは端的に用件を告げた。

「冒険者としての登録をしに来た」

用件を告げると、冒険者ギルドの職員――受付嬢は笑顔のまま一枚の書類を取り出し、それをノードに差し出した。

「氏名とご自身の技能、またこれ迄の経歴等がございましたら、ご記入下さい。有償での代筆も可能ですが、如何《いかが》なさいますか？」

「いや、結構だ」

腐っても貴族家の子弟である。

最低限の読み書きと、四則演算程度は叩き込まれている。

ノードは帳場《カウンター》に備え付けの羽根筆《ペン》をインク壺につけ、サラサラと馴れた手付きで筆を操り、氏名と技能を書類に書き込んだ。

そして羽根筆を元あった場所に戻し、記入し終えた書類を受付嬢へと差し出した。経歴欄には従軍経験などがないため、書くことがなく空白のままだった。技能欄には『剣術』とだけ書いた。

提出した書類はとくに問題もなく受理された。

登録料として幾ばくかの金銭――僅かな額だったが、それでも今のフェリス家にはそれを惜しむほどに金がない。なので、ノード自身のなけなしのへソクリから捻出した――を支払うと、職員が帳場《カウンター》で何やら作業を始めた。暫《しばら》くすると作業が終わり、次いでギルドの規約についての説明が始まった。

受付嬢の説明を要約すると、
①冒険者ギルドは依頼者からの依頼を仲介し、冒険者がその依頼を請け負う。達成後、手数料を差し引いた報酬が冒険者へと支払われる。
②冒険者は依頼に失敗したとき、原則として違約金を支払う。違約金は報酬に上乗せされ、より高

位の冒険者が受注しやすくするために使用される。違約金が発生しないのは、常時貼り出されてある歩合制の依頼のみ。（薬草の採取など）
③冒険者ギルドは、登録者であるギルド員の所属を示す身分証としてギルドカードを発行する。これは小さな板状のもので当人しか使用できず、再発行には手数料がかかる。高ランクのギルドカードの紛失には多額の手数料とペナルティが発生する。
④ギルドでは冒険者同士のパーティーへの斡旋《あっせん》を行うが、パーティー内での揉め事には関わらない。ただし、窃盗やギルド員同士の殺傷等、刑法に触れる行為が認められた場合、原則としてそのギルド員の身分を剝奪する。
⑤身分を剝奪されたギルド員は、基本的にその街のギルドでは一切仕事を請け負えない。ギルドが重大な違反者であると認めた場合、他の街や他国のギルドにも回状をまわすことがある。
⑥冒険者ギルドを介さない依頼に関しては、冒険者ギルドは一切関与しない。完全に自己責任である。

という六つの内容についての説明だった。

何《いず》れも当たり前のことだったが、荒くれ者の多い（ついでに言えば無学者かつ常識のない人間である可能性も高い）冒険者志望の人間には、必要な説明なのだろう。ノードはそう思った。

冒険者ギルドの規約について説明を受けた後、ノードはギルドカードを受け取った。

登録したばかりの最底辺の冒険者ギルド員は新人《ニュービー》と呼ばれる扱いを受けるが、この新人《ニュービー》は厳密には冒険者ではないらしい。

冒険者未満の、小銭を払って書類を提出しただけのド素人。

新人《ニュービー》はこの後、最低限の研修を兼ねたド新人用の依頼を請け負い、達成して、そこで初めて、正式な冒険者としてのギルドカードが渡されるそうだ。

ちなみに新人《ニュービー》用のギルドカードは、木片に名前を刻印しただけの物だった。

2　初めての依頼受注

ノードは帳場《カウンター》で貰った木片のギルドカードを首に下げ（紐は自分で通した）、冒険者ギルドの職員受付嬢に教えられた『依頼書』がある場所に移動した。

冒険者ギルドでの依頼は入り口を入って直ぐ、左手方向の酒場に貼り出されている。

厳密には冒険者ギルド内の左手奥、椅子とテーブルが設置された場所が酒場なので、入り口と酒場の中間の空間が、冒険者たちが依頼を探す空間となっているらしかった。

ノードはその空間《スペース》、つまり依頼の貼り出されている場所に向かった。

依頼書は壁一面に貼り付けられているようだった。

壁には大きな木栓《コルク》の板《ボード》がいくつも設置されており、そこには沢山の依頼書が貼り付けられていた。

依頼書が貼り付けられた板――依頼掲示板《クエストボード》には、それぞれ『水晶』や『黒鉄』などの文字が紋様と共に刻印がされていた。

ノードはそれらを見て、冒険者の階位《ランク》について思い出した。

冒険者は、その強さや貢献度によって、ギルドから認定される階位《ランク》が上昇していく。上位の階位《ランク》であればあるほど、受けられる依頼の報酬は上がっていく。

冒険者の地位を示す階位《ランク》は、それぞれの階級のギルドカードの素材に肖《あやか》った名前が通り名となっており、それぞれ上から順に、

第十階位　聖宝級《レジェンド》冒険者
第九階位　聖金級《オリハルコン》冒険者
第八階位　聖銀級《ミスリル》冒険者
第七階位　黄金級《ゴールド》冒険者
第六階位　白銀級《シルバー》冒険者
第五階位　黒鉄級《アイアン》冒険者
第四階位　赤銅級《ブロンズ》冒険者
第三階位　水晶級《クリスタル》冒険者
第二階位　玉石級《ストーン》冒険者
第一階位　石板級《プレート》冒険者
　例外
無階位　木片級《ニュービー》冒険者

となっている。

ノードは現在、木片級冒険者だ。呼び名の法則通りなら《ウッド》と呼ばれるのだろうが、実際は新人《ニユービー》の通り名が浸透し過ぎているようで、まず間違いなくニュービーと呼ばれる。

階位《ランク》は上昇する毎に一定額の支度金などを貰えるため、受注する仕事の報酬が増えるということ以外にも、階位《ランク》を上げる旨味が用意されている。

また、ミスリル級以上の階位《ランク》に昇格するには、その冒険者が破格の功績を上げた、と冒険者ギルドに認定される必要がある。その認定は冒険者ギルドの最高幹部同士の会議を通して妥当かどうか判断され、無事に最高幹部――ギルド評議員に認められてはじめて、階位《ランク》の上昇が可能となるらしい。

その昇格が認められた場合には、支度金の代わりにそれぞれの階級の素材が与えられると聞く。

つまり聖銀級ならミスリルの素材が、聖金級ならオリハルコンの素材が手に入るのだ。

莫大な財を持つ上級貴族すら、おいそれと手に入らない伝説の素材を自分の武具に使う――武人冥利に尽きるだろうな、と考えたところでノードは頭を振って思考を現実に戻した。

手に入らない伝説の武具よりも、今日食べる飯の種である。

ましてやノードは最底辺の冒険者だ。

一日でも早く次の階級――第一位階　石板級冒険者《プレート》へと階位《ランク》を進め、少しでも多く稼がねばならない。

ノードは再び掲示板へと視線をやった。

木片級《ニュービー》冒険者でも受けられる依頼は、最下級の、それこそ誰でも受けられるような依頼だけである。

その依頼書は、依頼掲示板《クエストボード》が並ぶ壁の一番奥――つまり冒険者ギルドの隅っこにあった。

自由掲示板《フリーボード》と書かれた掲示板が壁際に貼られている。

その自由掲示板《フリーボード》で請けられる依頼は、報酬こそ少ないものの、万が一失敗しても違約金が発生しないため、新人《ニュービー》である木片級冒険者にはぴったりの仕事なのだ。

その自由掲示板《フリーボード》に貼り出された依頼は、どれも『街の排水溝のドブ浚《さら》い』や『建設現場での瓦礫撤去』、『王都の清掃作業』などといった、戦闘や冒険とは全く関係がない内容の依頼ばかりだった。

比較的冒険者っぽいのは『薬草を集めてくれ!』という任務だ。これは年間を通して貼られている『常設依頼』と呼ばれる依頼だ。需要が常にあるので、どれだけ沢山の受注者がいても原則取り下げられることがない。ちなみに『○○の清掃作業』系の依頼も常設依頼である。ただしそちらの依頼には同時に受注できる人数に上限が設定されており、本日の分はもう終わっていることが分かった。

また、実はこの自由掲示板《フリーボード》の依頼は、冒険者カードを持っていなくても請けられる。ノードも昔から小遣い稼ぎに依頼を請けていた。

これが木片級冒険者が、あくまで新人《ニュービー》であり、厳密には冒険者ではないと言われる所以だった。

ノードは、自由掲示板《フリーボード》の依頼書を一通り見たあと、その中の『スライム捕獲依頼』を受注することにした。依頼の主は下水道の管理局となっていた。

依頼書には、『ジャイアントラットが異常繁殖して、下水道のスライムを食べてしまった。このままではゴミを食べるスライムが足りず、下水道が詰まってしまう。スライムを集めて持ってきてくれ！』という内容が書かれていた。

ギルドからの補足のメモ書きが付いていて、合計五百匹まで受け付けるとのことで、さらに現在の達成数が書かれていた。

それによると既に半分ほどのスライムが集められているらしく、ノードは早く集めに行った方が良いと考えた。

ノードはそれに合わせて、薬草採取の依頼も受けた。

二つの依頼はどちらも単価は低かったが、数を集めれば、ちょっとしたご飯が食べられる金額にはなりそうだった。

帳場《カウンター》で冒険者ギルドの職員に手渡した依頼書には、依頼の請け負い人（受注者）であるノードの名前が『受注者』という欄の中に書き込まれていた。その名前とノードのギルドカードに刻まれた名前が同じであると職員が確認した後、ギルドの判子が依頼書に押された。

報酬を受け取る際には、この判子が押された依頼書も必要となるので、決して無くさないようにと注意を受けた。なんでも、ギルド側の台帳に記録されたものと依頼書に押された判子の紋様とが、一致しているかどうかで依頼報酬の横取りなどの不正を防ぐ仕組みらしい。

計二枚の依頼書を受け取ったノードは、それらを無くさないよう大事に仕舞い込んでから、ギルドの建物を後にした。

§

スライム捕獲にあたって、ノードは準備を整えた。

といっても大したものではない。

護身用に腰に差した長剣以外には、精々スライムが入る袋と薬草を纏める紐が必要なくらいである。

家に一度帰りそれらを用意して、ノードは王都の外へ向かった。

王都の城門の衛兵たちは、ひっきりなしに訪れる人々の検査に大忙しであった。人々の持ち物を確認《チェック》したり、商人の馬車に積んである荷物が申告と同じか確認したり、或いは指名手配されている犯罪者ではないか人相などを見ている。

ノードにとって王都は生まれ故郷だ。貴族の子弟であるノードには王都の市民権があるし、その上ノードは王都の衛兵とも顔馴染《なじ》みであった。なので、声をかけただけで衛兵は直ぐにノードを通してくれた。

冒険者ギルドで、わざわざ自由掲示板《フリーボード》の依頼を請けさせるのは、貼り出された依頼の消化を目論んで、というよりも依頼を請ける際の手続きに馴れさせる慣熟訓練《チュートリアル》の意味合いが強いのだろうな。

そんなことを考えながら、ノードは城門からスライムのいる場所へと徒歩で移動した。

王都はその外周に川が流れており、王都ではその川の水を城門の中に引き込んでいる。王都の住人にとって川は生活用水でもあるのだ。

ノードは川の下流に来ていた。その川岸には、見覚えのある草が繁茂していた。人の掌を広げたように五方向へ伸びた葉だ。

その葉っぱを茎の付け根から持ち、手慣れた手付きで千切った。ツンと鼻に来る特徴的な匂いがした。薬草の匂いだ。

より正確には、幾つもある薬草と呼ばれる草の中の、最も低級なものの一つだった。

この薬草より上位の薬草も種類としては『薬草』なのだが、それらを見たことのないノードにとっては専《もっぱ》ら薬草と言えば、この掌のような形をした低級の薬草のことを指し示すのだった。

慣れた手付きで、薬草をプチプチと引き千切り集めるノードの前に、プルプルと震える生き物が現れた。

水辺から這い出たのだろう、体を揺らしながらのそのそと移動するその生物は、半透明の液状のボディを薄い膜が包み込んでいた。中心部には色の濃い核のようなものが見える。スライムだ。

スライムは何処にでもいる生物で、主に枯れ葉や動物の死骸、ゴミなどを食べる。生きている小さな虫も食べるらしいが、ある程度以上の大きさを持つ動物には無害だった。

ノードはスライム捕獲の依頼を受けているため、スライムを捕まえた。素手で挟み込むようにして摑むと、スライムが逃げようと身体をフヨフヨ震わせた。しかしノードの手からスライムが逃げ出すことは出来ず、そのままノードの持つ袋の中へと入れられた。

スライムはその身体が殆ど液体であるため、環境次第でその体色を変化させる。例えば下水道に棲むスライムは汚水を吸って薄汚い色をしているらしい。

今は川の水で透明になっているこのスライムも、下水道に投げ込まれて汚水に染まるのだろう。

そんなことをノードは考えながら、黙々と薬草を採取し、時々川辺から現れるスライムを袋の中へ詰めていった。

§

ノードは日が暮れる前に城壁内へと戻っていた。

王都は夜間は緊急の用件――例えば軍の伝令など――でもなければ、基本的に門を通れない。なので運が悪いと城壁の外側で野宿する羽目になる。

当然、王都の住民であるノードはその辺の事情についても重々承知しているのだ。

そして、受付時に教えてもらったスライムの納品先である水道局の建物でスライムを引き渡した後、空っぽになった袋を片手にギルドへと戻ってきた。

夕日が沈む前の、紅に染まる王都の石畳の道を歩いて冒険者ギルドへと向かう途中、自分と同じように依頼を終えたのであろう幾人もの冒険者らしき装いに身を包んだ者たちを見かけた。

冒険者ギルドの扉を潜ると、既にどの帳場《カウンター》にも長蛇の列が出来ていた。仕方ないのでノードもまた、帳場《カウンター》に並ぶ列の最後尾につけた。

酒場の方では、既に報告を終えたのであろう如何にも荒くれ者といった容貌の冒険者たちが酒を飲み始めている。

冒険の成功を祝い、酒杯を打ち付け仲間同士で乾杯する者。一人で料理に舌鼓を打つ者。自分が倒した魔物の恐ろしさ、そしてそれを撃破した自分の凄さを酒杯片手に喧伝する者。

帳場《カウンター》の列が前に進むにつれ、そんな冒険者の姿が酒場には次第に増えていき、併せて酒場の喧騒も大きくなる。ノードが依頼の報告をカウンターで行う頃には、酒場は酔っぱらいたちがすっかり出来上がった宴会場と化していた。

「いつもこんな風なのか?」

ノードはこの時間帯の冒険者ギルドを訪れたことがなかったので、喧騒に驚いてそう尋ねた。二枚の依頼書と採取した薬草の束を窓口に提出すると、帳場内《カウンター》の冒険者ギルドの受付嬢は手続きをしながら、クスリ、と困った風でありながら、実に嬉しそうにこう答えた。

「ええ、いつもこうなんです。お気に召さなかったですか？」

冒険者なら馴れないといけませんよ、と続けた受付嬢の言葉を受けて、ノードは「いや、嫌いじゃない」と短く返した。

冒険者ギルドの喧騒から、ノードは彼の実家であるフェリス家にも似た雰囲気を感じとった。流石にここまで騒がしくはないが、彼の家も賑やかだ。

冒険者にとっては、ギルドが家なのかも知れないな。

そんなことを考えながら、ノードはカウンターで今日の報酬を受け取った。

それは普通の食事代になるくらいの、僅か数枚の小銅貨に過ぎなかったが、これがノードの冒険者としての、確かな第一歩だった。

3 討伐任務

冒険者に登録してからというものの、ノードは毎日、冒険者ギルドで依頼を請けた。

相も変わらず冒険者とは思えない内容の仕事だったが、毎日やれば多少の金にはなった。

食費に使えば直ぐに消えてなくなる程度だが、それでも自分の食費が浮けばその分弟妹たちがより多く食べられるのだ。

といっても人数が多いため、焼け石に水程度のことであったが。

一週間も経たない内に、ノードは階位昇格《ランクアップ》を果たした。これで、晴れて第一位階　石板級冒険者《プレート》だ。

ようやく冒険者としての開始位置《スタート地点》に就いただけなのだが、首から下げた木片が、きちんとした石の板――石製のギルドカードへと変化しただけでも、自分が成長したという実感が湧いてきた。

石板級《プレート》冒険者の名前の通り、石で出来た板だが、木片のギルドカード擬《もど》きとは違って魔術的な加工もされているらしい。

この石板級《プレート》以降は、階位昇格《ランクアップ》を果たしても、ギルドカードの素材こそ変われど、基本的なデザインや機能は変わることはない。

石板級《プレート》冒険者と言えども、立派な冒険者として扱われるということだ。

石板級《プレート》冒険者は低階位《ランク》の冒険者ではあるが、討伐任務といった冒険者らしい依頼も受注が可能だ。

当然それらの討伐対象である魔物は、依頼主が自分で戦うにはリスクがある。そう判断した相手であり、討伐依頼には怪我や死亡のリスクは付きまとう。

ノードは先程受け取った石板《プレート》素材のギルドカードの、ヒヤリとした冷たい感触を感じて改めて気を引き締めた。

§

数日でノードがすっかり慣れた冒険者ギルドの日常の一つに、朝の仕事の争奪戦がある。

高い報酬が提示された依頼や希少な道具《アイテム》が報酬として貰える依頼、あるいは心躍る煽り文句が書かれた依頼。

依頼掲示板《クエストボード》に貼られた依頼書は多種多様だが、それらには当然、報酬や条件も含めた割の良さ――つまり旨い不味いの差が存在している。

割が良いと感じる依頼は皆が請けたがり、そうでない依頼は皆が避ける。まあ、例外として特定の仕事――割は良くないものばかり――を受注する『変人』もいたりするのだが、それら特異な冒険者を除けば、大抵は少しでも良い仕事を請けようとするものだから、依頼は自然と取り合いになる。

冒険者は基本、力が全てであるからその依頼の取り合いは凄絶なものと化す。

古人曰く、冒険者は一つの依頼で三つの強敵と戦うという。

即ち――
一、朝に依頼を取り合う冒険者。
二、依頼先で戦う魔物たち。
三、報酬を使い込もうとする己の欲。
殆どの典型的な冒険者は三番目の敵に勝てないようである。

閑話休題。

昨日までは、ノードは自由掲示板《フリーボード》の依頼しか請けられなかったため、それを眺めているだけだった。しかし今日からは違う。

第一位階　石板級《プレート》冒険者といえども、その受けられる依頼の旨い不味いは確実に存在している。

次の階位《ランク》を目指すにあたり、出来るだけ旨味のある依頼で稼いで装備を整えることが出来れば、より効率よく金を稼ぐことが出来る。

当然それはノードにとっても望むところであるので、果たして彼は猛獣犇《ひし》めく朝の戦場へとその身を投じることとなった。

§

押し合い圧《へ》し合い奪い合い、他の冒険者に揉みくちゃにされながらもノードは何とか一通の依頼書をもぎ取った。

その依頼書には、『迷宮《ダンジョン》の魔物退治』と書かれていた。

世界には、迷宮《ダンジョン》と呼ばれる場所が存在しており、その内部には多くの魔物が生息している。

ただしこの魔物たちは通常と異なる性質を持っていることが知られている。

どういうことかと言えば、通常の魔物は生命を喪《うしな》った場合、その遺骸をその場に遺す。腐ったり、スライムなどが食べない限りはそのまま死んだ場所に残ることになる。

しかし迷宮《ダンジョン》では別のことが起きる。

即ち、迷宮《ダンジョン》内部では、魔物がその生命を喪えば、たちまちその遺骸は迷宮《ダンジョン》へと吸収されるように消えてなくなり、その場には『魔石』と呼ばれる魔力の結晶が遺されるのだ。

魔石とは魔力が結晶化した物質で、迷宮《ダンジョン》外でも産出されることがあるが、それは極めて稀であり、一体何故迷宮《ダンジョン》内ではこのような不可思議な現象が起きるのか、永らく謎とされてきた。

しかし暫く前に、王国魔導院の研究によりこの謎が解明された。

王国魔導院曰く——迷宮《ダンジョン》とは魔物の〝影〟を産み出す一種の魔術である。〝魔力溜まり〟と呼ばれる魔力が自然と濃くなる特殊な場所に、迷宮《ダンジョン》が作られることで、魔石を核に魔物の〝影〟が産み出されるようになる。

魔物の〝影〟は元となる魔物の『写し《コピー》』であるため、強さが一定となる。個体差が生じる『外』の魔物に比べて、迷宮《ダンジョン》内部の魔物の強さが同じな理由もこの仮説により証明できたらしい。（この話は、長兄のアルビレオから教わった）

迷宮《ダンジョン》はイルヴァ大陸の各地で発見されており、その奥深くには多大な財宝が眠っていることが知られている。

どうにも、この迷宮《ダンジョン》というのは、古代の魔法使いたちが作り上げた宝物庫であり、そして魔物はその防衛機構なのではないか、というのがその学説だそうだ。

そして、これが重要なのだが、その王国魔導院の研究者たちはその魔物――ひいてはその核となる魔石――を産み出すという特徴に目をつけた。

元々、迷宮《ダンジョン》から多く産出される魔石には多くの使い道がある。例えばフェリス家にもある魔石の燭灯《ランプ》なんかがそうだ。魔石の魔力を使用して光る燭灯《ランプ》は、油や蠟燭《ろうそく》を使用するものと比べて、煙や臭いもなく、また火事の危険も無いので大変に便利だった。

他にも火を使わない竈や食べ物を冷やして腐りにくくする箱など、様々な魔石を用いて動く魔道具が世の中には存在している。

それら魔道具は、その利便性から重宝され、裕福な貴族家や大商人の邸宅には必ずといってよい

ほどあった。（とても残念なことにノードの家には魔石の燭灯《ランプ》が一基あるだけだった）

しかしその魔石は、迷宮《ダンジョン》の奥深く、財宝を守る迷宮《ダンジョン》の主《ボス》を倒すと産出されなくなる。

これにより、王国の保有する迷宮《ダンジョン》は攻略される度にその数を次々に減らし、国内での魔石の産出も落ち込みを見せていたのだが、王国の魔導院はこの迷宮《ダンジョン》を復活させることを目論み、そしてそれに成功した。

そのため、王国には魔導院が復活させた、いわば人工の迷宮《ダンジョン》が幾つもあった。そこからは魔石が再び産出されるようになり、魔石という有用な資源が安定的に供給できるようになった——のだが。

残念ながら、魔導院の魔導師たちは魔物と一緒に迷宮《ダンジョン》を復活させることしかできなかった。

今でも魔導院で迷宮《ダンジョン》の研究は続けているそうだが、迷宮《ダンジョン》内部の〝設定〟を弄《いじ》くることに成功したという報《しら》せは、未だに聞かない。

つまるところ、ノードが受注した迷宮《ダンジョン》の討伐任務とは、その人工の迷宮《ダンジョン》で魔物を倒し、魔石を回収してくるという鉱夫のような仕事なのだった。

§

「討伐……ですか……」

迷宮《ダンジョン》討伐の依頼を請けに帳場《カウンター》に行くと、冒険者ギルドの職員に心配された。

無理もない。

現時点でのノードの見た目は綿のパンツにチュニック、その上に革のベストを着ているだけである。

防具と言い張るには余りにも心許ない。というよりも完全に只の外出着である。

ノードの冒険者らしい装備と言えば、腰に差した一振りの剣くらいなものであった。

「せめて装備を……そのもうちょっと」

採取や雑用で金をためてちょっとはマトモな装備を整えろ。

婉曲な表現で、そうアドバイスしてくる冒険者ギルドの職員に対して、

「大丈夫だ。問題ない」

ノードは自信ありげに頷きながら答えた。

ノードの自信には裏付けがあった。

そもそも所詮は第一位階冒険者に発注される程度の難易度の迷宮《ダンジョン》である。敵の強さは大したものではない。

しかし、その大したことのない魔物であっても、数が多くなれば驚異となる。

一体、また一体と戦う内に疲労は蓄積し、集中は途切れる。

その隙に、致命の一撃を喰らってしまい、そのまま死ぬ。

それが、迷宮《ダンジョン》で死ぬ一番の流れなのである。

特に新人冒険者の内は戦闘の経験も少なく、事態への対応力も低い。更に装備も整っていないので、敵が弱くとも危険なのだ。

ではなぜ何故ノードはこの討伐依頼を請けたのか。それもまた、単純な理由だった。

§

短剣を手に持ち、刺し殺さんと襲いかかる緑色の小人の魔物――ゴブリンを、ノードは手に持った剣で斬り払った。

「ギャッ」と甲高い悲鳴を上げ、ゴブリンの死体は分解されるように迷宮《ダンジョン》へと消えて無くなった。

その様子を見届けることなく、ノードは返す刀で剣を振り上げる。すると上方から襲撃してきた大きな蝙蝠の魔物――ジャイアントバットを両断した。

その死体も消えて無くなり、地面には二つの魔石が転がっていた。

ノードは既に数十体の魔物を倒していた。

腰に結わえた魔石を入れる袋に魔石を回収しようと試みたそのとき、戦闘に疲れ集中力の落ちたノードの死角から一体の影が襲いかかった。

「ギギィッ!!」

その正体はさっき斬り捨てたゴブリンとは違う個体だった。急襲してきたゴブリンは、その凶刃をノードに突き立てんと歓声を上げる。

しかし、不意討ち《バックアタック》を受けたノードは至って冷静だった。

奇襲に気が付いたノードは咄嗟に反撃を試みるでもなく、自分の急所——首などだけを守り、そして。

ガキッ。

「ギッ!?」

果たして、ゴブリンの手に持つ短剣——ボロボロで錆や刃こぼれが酷い——は、ノードが着込む鎧に阻まれた。

ノードは、短剣を受け止めた衝撃をものともせず、大きな隙を見せたゴブリンを剣で斬り裂いた。

今度こそ、周囲に敵影がないことを確認したノードは、ゴブリンの魔石を回収する。

ノードの自信、それは今彼が身に着けている装備だった。

一枚の鋼鉄の板に守られた胴部。

関節の動きを阻害せず、それでいて、刃物から身体を守る鎖を編み込んだ全身を覆う鎧。

石板級《プレート》冒険者に依頼される程度の討伐依頼は、確かに生身では危険が付きまとうが、確り《しっか》とした防具で身を包めば、大した脅威ではない。

先ほど奇襲を受けたノードのように、装甲に任せて敵の攻撃を受け止め、一方的に攻撃をすることが可能なのである。

とはいえ、皮革を加工した部分鎧を用意するのが精一杯の、並みの石板級冒険者《プレート》にはそんな戦法を採ることは叶わない。何年依頼を受け続けても、胴の部分すらも用意出来ないだろう。全身を包む鎧はとかく高いのである。

§

鎧の効果もあり、ノードの初討伐は大成功に終わった。

やはり敵の攻撃で被害を受けないというのは大きい。

一日で稼いだ魔石は袋がはち切れんばかりであり、迷宮《ダンジョン》横の買い取り所ではそれなりの金額になった。

この鎧戦法は中々に強力ではあるが、実は期間限定でしか行えない。

というのも、この鎧はノードの手持ちの鎧ではなく、フェリス騎士爵家の鎧であり、更に言えばフェリス家次期当主のアルビレオが使用しているものだった。

彼は現在休暇中であり、その間に、鎧のレンタル費用を兄へと支払う契約で、ノードは鎧を借り受けているのだった。

レンタル費用は中々高く、さらに報酬から自分の食費を差し引くと利益は少ししか手元に残らないがこれは仕方がない。

鎧は使えば磨耗するものだし、もし破損すれば修理費は高くつく。

むしろ、そのリスクを冒してまで鎧を貸してくれたのは、冒険者になった弟への、兄の温情だろう。

もっとも、軍学校出身のアルビレオには、迷宮《ダンジョン》の浅い階層の魔物程度で鎧が破損することなどあり得ないと分かっていた。

何故ならそもそもこの戦法をノードに教えたのはアルビレオであり、その知識の源流は軍学校で騎士見習いたちが小遣いを稼ぐ方法まんまなのだから……。もっとも、彼は鎧が損傷するわけがないという部分だけはノードに黙っていたが。

4　討伐の成果

ノードが石板級冒険者《プレート》に昇格してから、はや二週間が経った。

この間、ノードは兄からレンタルした鎧を用いて迷宮《ダンジョン》での討伐任務を請け続けていた。

来る日も来る日も、ただひたすらに迷宮《ダンジョン》に通い、ゴブリンやジャイアントバットといった魔物を狩り続ける。それは、一種の作業染みており、同じことを延々と繰り返すのは、肉体的よりも、精神的に疲労が溜まった。

しかし、ノードはそんな疲労など微塵も感じないかのように討伐依頼を請け続けた。

朝早くにギルドで依頼を奪い合い、受注手続きを済ませたら、その足で依頼書で指定された迷宮《ダンジョン》へと向かう。夕方日が落ちる前まで魔石を集めたら、迷宮《ダンジョン》側の換金所で魔石を売却し、（王国が管理している迷宮《ダンジョン》では、魔石の外部の持ち出しは法で禁じられている）日が落ちる前に王都に帰還。

この二週間、その行動をひたすらに繰り返した。しかしそれも、今日で終わりだった。

理由は、鎧の所有者である兄のアルビレオが休暇を終えるからだ。

いくら脅威《レベル》が低い魔物ばかりを相手にするといっても、普通ならばその魔物ですら、昇格したての石板級《プレート》冒険者には強敵なのだ。

魔物の攻撃力が低いことを利用した、(借り物とはいえ)鎧による対抗戦術《メタ》が使えるからこその成果であり、当然その肝心要の鎧が借りられなくなるのであれば、効率は著しく落ちる。

それ故、ノードは最後の狩り入れとばかりに、これまでになくハイペースで魔物の討伐を続けた。

§

刃毀《はこぼ》れした短剣の一撃を、半身をずらして回避する。

と同時に、ゴブリンの突進の力を利用するように軽く長剣を振れば、さして力を込めずともゴブリンの首を刎ねることができた。

首を失ったゴブリンの身体を回し蹴りの要領で蹴り飛ばせば、反対側から襲おうと試みた別のゴブリンに死体が激突する。

「……ギッ!?」

消える前の死体が身体に激突し、体勢を崩したゴブリンに、一歩踏み込み剣一閃。袈裟懸《けさが》けに切り裂かれ、そのゴブリンも一撃で絶命した。

「ギギィッ……」

複数で囲んだのにも拘わらず、一対一となってしまった最後のゴブリンが、焦り、逡巡したような動きを見せた。

大方逃げようかどうしようか、という所だろう。

しかし、その隙を見逃すノードではない。

ゴブリンが見せた一瞬の躊躇《ためら》いはノードの振るう剣への反応を遅らせ、そのまま最後の一体である彼も首を跳ねられ絶命した。

戦闘終了後、ノードは油断なく周囲の気配も探りながら、死体の消えた後に残された魔石を回収した。

それにしても、とノードは腰に結わえた袋に魔石を放り込みながら思う。

ここ二週間の討伐では、最初は度々、奇襲や死角にいた魔物の攻撃を鎧に受けたりしたものだった。また、変に力が入って剣筋がずれたり、無理のある体勢から放って間合いを見誤って空振り、当たっても斬撃が浅い、などという事態もあった。

しかしそれがどうだ。

慣れない鎧を身に纏って戦い続けることで、鎧着用時の立ち回りにも慣れ、兜で狭められた視界でも奇襲や不意討ちなどを避けられるようになった。

特に複数の敵を同時に相手取る経験は無く、苦戦も強いられていたが、最初のように鎧に助けられるということも無くなった。

今では完全に動きを見切ることが出来、一撃も喰らわずに戦闘を終わらせることも容易になった。

剣筋も安定し、ゴブリンならば仕留め損なうことはない。

そして――

ヒュッ。

腰に下げた鞘から、予備動作無しで剣を抜く。

剣が風を切る音を立て、
ポトリ、と二つに分かたれたジャイアントバットの死体が地に落ち、その場に小さな魔石を残して消えた。

（身体が軽い。キレが良くなったというのだろうか。それに心なしか五感が冴えている気がする）

今いる迷宮《ダンジョン》は王国の手が入ってある程度管理されているとはいえ、迷宮《ダンジョン》は迷宮《ダンジョン》だ。

ダンジョンの名の通り、洞窟の中は薄暗く、見通しが悪い。

にも拘わらず、ノードには何時もより迷宮《ダンジョン》の中がはっきりと見えた。勿論薄暗いのだが、洞窟の岩肌や地面の触感などが、より鮮明に見えた。

――強度上昇《レベルアップ》。

その言葉がノードの脳裏には浮かんだ。

戦闘の経験を積むと、以前の自分よりも一段階強くなったと実感するときが訪れる。それを強度上昇《レベルアップ》と呼ぶが、それが自分にも来たのだ。

ノードが石板級《プレート》冒険者に昇格してこの方、ずっとこの魔石採取の討伐依頼を請けていたのは、勿論鎧を借りているという優位《アドバンテージ》を活かして金策を行う狙いもあったが、それだけではない。

実は、天然の迷宮《ダンジョン》と違い、ノードが今討伐をしているような人工の迷宮《ダンジョン》は実入りは決して良くない。

というのも、魔石自体は需要があるため、それなりの値段で売値が付くのだが、此処のような人工の迷宮《ダンジョン》では、管理者がその魔石を専売するために、安い値段で買い取るからだ。そしてその管理者とは当然国であるため、逆らったり、密売することは固く禁じられている。

また、実は迷宮《ダンジョン》討伐の依頼は、市場に魔石を供給することに繋がるとはいえ、基本的に王家の収入《シノギ》であるため、冒険者ギルドにとっては仕事としてのメリットが薄い。

それ故に、迷宮《ダンジョン》の討伐依頼は、冒険者が昇格するために必要な『貢献度』が付与されないのだ。

（人工迷宮《ダンジョン》での討伐は、その迷宮《ダンジョン》で魔物が苦も無く倒せるなら、外での冒険に比べて危険が少なく手堅く稼げるため、人気の依頼である）

冒険者にとっては、上位冒険者への昇格はメリット（より旨味のある依頼を請けられるようになる）が大きいため、冒険者を引退することを視野に入れた安定派の冒険者（危険を冒さないので生活者と揶揄されることもある）以外は、基本的に『貢献度』が付くギルドの依頼を受けた方が得だ。

しかも迷宮《ダンジョン》内の依頼が魔石の売却代金だけが報酬なのに対し、外部での魔物討伐は達成報酬が出る。

魔物の種類次第では、その遺骸から有効な部位《ドロップアイテム》が入手できることもあり、その売却代金も含めれば、迷宮《ダンジョン》での討伐依頼よりも大きく稼げる可能性があるのだ。

ノードもそのことは知っていた。

それにも拘わらず、何故敢えて迷宮《ダンジョン》での討伐をノードは選んだのか。

それには勿論、鎧効果により魔石を多く集められる目算があった。しかしそれ以上に、ノードは安全に戦闘に慣れることを優先したのだ。

フェリス騎士爵家では、男児は幼少から剣の術を叩き込まれる。ノードも当然例外ではなく、当主である父や兄二人、更には従者にも手解きを受けて来た。

ノードは才能があるらしく、剣術の腕はめきめきと上達し、軍学校に通いこそしていないものの、下手な軍人並みの腕前は既にあると誉められたことがある。

だが、彼が師事した剣の先達——特に実戦に出たことのある父や従者は常にこう言い含めた。

剣の腕は戦の腕とは似て非なるものだ、と。素振りや稽古で鍛えられる剣の腕というものは、実戦で積んだ経験があって初めて活かされる。それを忘れれば、一人は斬れても次に斬られるのは自分となる。

その言葉を常に聞かされ育ったノードは、比較的安全に実戦経験を積むため、鎧を借りた上で敢えて迷宮《ダンジョン》の討伐依頼を受けたのだった。

そしてその目論みは功を奏した。

ノードは初陣で命を喪わず、実戦での経験を積むことで一回り強くなった。

さらに鎧のお陰で怪我も負うこと無く、治療代が掛からなかったことで金銭を貯めることが出来た。（鎧のレンタル代を差し引くと僅かだが）

そのお陰で、ここ二週間の討伐依頼での収入は、石板級冒険者《プレート》に昇格したばかりにしては、それなりの金額に上っていた。

そしてその金額は、ノードが当面目標としていた金額に達していたのである。

5　お買い物

鎧を使った迷宮《ダンジョン》での荒稼ぎを終えたノードは、拾い集めた魔石を迷宮《ダンジョン》入り口側に併設された買い取り所で売り払った。

その金額はここ二週間で自己最高記録の売却額となり、ノードの懐はいつも以上に温かくなった。

そしてノードは冒険者ギルドへ依頼の達成を手早く報告し終えた後、別の建物へと移動していた。

目当ての建物は冒険者ギルドのある通りから、王都の石畳の敷かれた道を暫く歩いた場所にあった。

その建物は、剣と盾の紋章が象られた看板を分かりやすい場所に掲げていた。鍛冶ギルドの紋章を掲げたその店の扉を開けば、店内には、机や椅子はなく、代わりに店内の空間にはところ狭しと武具が展示されていた。

店内に設置された分厚い木のカウンターの奥には、店の主である黒々とした髭を生やした、筋骨隆々の男が鎮座していた。

「ヘイ、いらっしゃい！　用件は？」

威勢の良い接客の声を受けて、ノードは自分の買いたいものを告げる。

「鎧が一式必要だ。あと剣も研いでほしい」

「鎧……？」

じろじろ、と店主が観察するようにノードを見る。

討伐で使用していた鎧は、一度自宅に帰り脱いできたので、今のノードは綿のパンツに胴衣としてチュニック、そしてその上から革のベストを着ていた。腰に差した剣と革のベスト以外は、町人の普段着そのままだ。

「お前さん、冒険者か。階級《ランク》は？」

「石板級《プレート》冒険者になって二週間だ」

ふむ、と店主は鼻を鳴らした後、続けて予算を尋ねた。

それに応えてノードが予算を伝えると、店主の男は僅かに思案した後、「そこで待ってろ」とぶっきらぼうに告げて店の奥へと引っ込んでいった。

少しして、店主が店の奥から戻ってきた。

ガチャガチャと音を立てながら、店主が店の中にある人形《マネキン》に鎧を着せていく。

みるみる内に、木製のマネキンは戦士の装いになった。

「ハードレザーの鎧だ。革製だが、硬化材で固めてあるから其れなりの防御性能はある。当然、金属性の刃物だと切り裂かれる危険はあるが……」

と、そこで店主は鎧の説明を中断し、ノードに視線を戻した。

「お前さん騎士見習いか何かだろう。鎖帷子《チェーンメイル》かなんか持ってないのか？」

何故分かった、とはノードも聞かなかった。幼少から剣を扱っていたノードの重心や歩き方、体捌きなどから判断したのだと分かったからだ。鍛冶屋は中年より少し年をとった外見をしており、当然多くの客を見てきているだろう。

特にここ王都では、武具店を営んでいれば冒険者以上に兵や騎士を見る機会も多かった筈だ。そんな彼からすれば、店に入ってきた時点で、自分の戦闘スタイルは見抜けただろう、そうノードは考えた。だが、流石にその店主といえども、ノードの実家の懐具合は見抜けないらしい。

フェリス家に金が無くてノードが軍学校への入学を諦めた手合いであり、家にある鎖帷子《チェーンメイル》は、父と兄が使っていて余りがない、ということを、初対面で見抜かれたら流石に怖い。

まあ、フェリス家が大家族であると知っていれば推測くらいは出来たかも知れなかったが、ノードは自分を知らないだろう武具店へとやって来たのだ。何せ、何だかんだ言って貴族の一員がわざわざ冒険者になるというのは、存在しないわけではないが珍しいことだ。そしてその場合も、武家に生まれたのなら、軍学校くらいは出すのが普通である。

武家に生まれてそういった教育を受けられないのは、庶子くらいだ。そしてフェリス家では本妻の子も愛人の子も分け隔てなく家族として扱われている（嫡子であるアルビレオが跡取りとして揺るぎないことも多分に関係はしているだろう）が、ノードは本妻との間に産まれた子供だった。

そんな事情を一々説明する義理もないので、ただ単に持っていないことを伝えると、店主は鎧について解説を始めた。

「この革の鎧は、胸に板を仕込めるように作ってある。木の板を仕込めば多少は刃が通りにくくなるって寸法だ。でだ、鎖帷子《チェーンメイル》は高いから手が届かないにしても、防御は高いに越したことはない。特に頭と胴はな？」

店主がコンコンと手の甲で叩く胸部には、確かに木の板が収納出来る空間があった。だが、木の板は動きやすさを優先してか、大して厚くなく、果たして硬革を切り裂く相手の攻撃を受け止めてくれるかは不安が残る。

店主は話を続ける。

「といっても所詮は木だ。厚くし過ぎれば動きづらいし、打撃系の衝撃を受けると割れる。一応革に挟むように作ってるから、割れた木片が身体に刺さることは無いがな。しかし、木の代わりに鉄板を入れれば防御力は大分マシになる。鉄は重いが曲がる分衝撃にも強いし、何より刃は通さねえ」

問題は……と店主は金を意味するゼスチャーをしてみせた。

「幾らだ」

聞くと、中々いい値段がする。やはり鉄は高い。

ノードは無意識に腰の剣を擦りながら考えた。

この剣もそろそろ自分の手入れだけではなく、本格的に磨《と》ぎに出すべきだ。

ノードの持つ剣は名剣程の切れ味はないが、無銘にしては頑丈で、造りも良いため大事に使っていた。玉石級《ストーン》冒険者に昇格しても使えそうなこの剣は、中々の掘り出し物であり買い換えて同性能の物を求めればかなりの出費になる。

故に、二週間酷使した以上そろそろ本格的に鍛冶屋に磨ぎに出すべきであった。

ノードが磨ぎにかかる料金を聞いてみると、合計で予算——貯蓄はほぼ吹き飛ぶことになる。

しかし、

「わかった。それで頼む」

ノードは時間をかけるでもなく、迷わず決断した。

冒険者にとって一番重要視するべきは、生存である。

故に、手持ちの金で命を救われる可能性があるなら、必ずその選択肢を選ぶべきだと考えたのだ。

「よし、取引成立だな！」

代金を支払うと、店主は上機嫌でそう言った。

「ああ、そうだ。革鎧だから、鎧の調整は時間はかからないが、剣の方は数日かかるぞ。鎧は剣と同じ日に引き渡すか？　それとも、ここで装備していくかい？」

「ふむ……」

どちらにするか……。

少し悩んだが、装備していくことに決めた。

現状剣は一本しかないが、家に帰れば練習用の木剣くらいならある。敵は倒せなくても、身体に馴染ませる訓練くらいは出来るだろう。

6　初遠征

当面の目標だった（或いは喫緊の課題だった）自己所有の鎧を入手したノードは、愛剣が研ぎから帰ってくる迄の間に、約一月振りの休日を楽しんだ。

といっても、安物とはいえ鎧一式を購入したノードの懐は素寒貧《すかんぴん》に近い。フェリス家の家計にかかる負担を少しでも減らすべく、休みの間も冒険者ギルドで依頼を受けた。

剣が無いため、王都内部での手伝いや薬草集めなど、大した金額にはならないが、久しぶりに魔物退治以外の仕事で過ごしたノードだった。

数日後、ノードの腰にはピカピカに磨かれた愛剣の姿があった。細かい刃毀れ一つなく研磨された長剣に、硬革の鎧《レザーアーマー》。

ようやく冒険者らしい装備を整えたノードは、少しだけ軽い足取りで冒険者ギルドへと歩を進めた。

剣が戻ってくる間、ノードは何も考えずに依頼をこなしていたわけではない。冒険者ギルドの依頼の中で次の目標を達成するために、どんな依頼を受けるのがよいかを品定めしていたのである。

ノードは次の自分の目標を、引き続いての装備の充実に定めた。まずは鎧下に着る鎖帷子《チェーンメイル》の購入だ。序《つい》でに安物で良いのでもう一本剣を買おうと考えた。

やはり防御力は何よりも重要視されるべきだからだ。鎖帷子《チェーンメイル》は価格が高く、それこそノードの購入した硬革《レザーアーマー》の鎧一式よりも高い。粗悪品を除けば、小さな鎖を繋げるようにして造り上げる鎖帷子《チェーンメイル》は、作製に手間と時間がかかる装備であり、自然と値段も高くなるからだ。

それこそ硬革《レザーアーマー》の鎧セットが何着か買えるくらいにはお高い。

しかし、鎧下であるので、その防御力は上に着る鎧に加算されるし、さらに言えば鎧を買い換えても鎧下はそのまま流用できる。

長い目で見れば、多少値が張ろうとも是非とも購入しておくべき装備《アイテム》なのだ。

そのために、ノードは一つの依頼を手に取り、手続きをしにギルドのカウンターへ向かった。

§

依頼の手続きを済ませた現在、ノードは依頼書に指定された場所に向かった。

その場所は、ギルドから一番近い城門前広場だった。

石畳の敷き詰められた広場には、朝から様々な人々が行き交っており、喧騒で溢れかえっていた。

その広場の一角に、ノードの目当てがあった。

停車場に停められた、一台の馬車だ。二台の馬が繋がれた幌つきの馬車で、幌には錬金術ギルドの紋章が描かれている。

その場所の近くには、幾人かの冒険者らしき者たちの姿も見える。ノードと同じ依頼を受注した者たちだろう。

馬車に近づけば、御者らしき人に声を掛けられた。

「ああ、そこの貴方。貴方も採取依頼を受けた冒険者ですか？」

そうだ、とノードが返事をすると、

「では彼方に職員がおりますので、彼処《あそこ》でギルドカードを提示して下さい」

そう指示を受けた。

指示に従うと、職員の人はノードの提示したギルドカードの名前を書記板に書き込んだ。依頼を受けた冒険者が他の冒険者と入れ替わっていないかのチェックらしい。

手続き後、馬車に乗るように指示されたため、乗り込むと、既に他の冒険者も乗り込んでいた。

ノードは軽く会釈すると奥に詰めるように席に座った。

馬車の中ではノードと同世代の冒険者らしき男女が会話を繰り広げていた。会話自体は大したものではなく、「アイテムをしっかり持ってきているか」とか、「武器が当たるから体勢を変えて」とか他愛無いものだ。その側に座った冒険者も、その会話に参加したり、茶々を入れたりしているので、ひょっとしたら彼らはパーティーかもしれない。

とはいえ、全員が全員そんなお喋りをしているという訳でもなく、殆どは馬車の発車を待ってただ座っているだけだった。

ノードの隣にも他の冒険者が座り、馬車の席——といっても、椅子があるのではなく、そのまま馬車の荷台に座る形——が埋まっていき、御者が鞭を入れて馬車が動き出した。

ノードが冒険者ギルドで受注したのは、薬草採取の依頼だった。

といっても、低級の薬草ではなく、王都から半日ほど馬車に揺られた場所で採れる、効能の高い薬草だ。

ポーションの原材料になるらしいそれが、収穫の時期を迎えているらしく、錬金術ギルドからの依頼が出ていたのだ。

採取依頼なので、報酬は基本報酬＋歩合制だが、採取地には魔物も出るため単価は悪くない。

流石に一度で鎖帷子《チェーンメイル》が購《あがな》えるほどではないが、何日も現地で採取を続けるため、移動日を計算に入れても中々の稼ぎになりそうだった。

特に条件に明記されていない限り、食糧等は自分で用意するのが冒険者の依頼の決まりなので、ノードも保存食などを用意してきた。他にも薬草を採取しやすいように袋や紐、また提燈《ランタン》など、夜営に必要と思われる道具も持ってきた。

大体他の冒険者たちも似たようなものらしい。

一つ気になったのは、依頼には魔物も出没すると注意書きされていたのに、ノードのように全身を装甲で覆っている冒険者が少ないことである。

大体が胸甲こそ着けているものの、あとは脚や腕を守る装備を着けていれば良い方で、頭部は丸出しであった。

まあ、薬草採取が主であるから、それほど戦闘は起きないかもしれないが……。

大丈夫なのだろうか。ノードは少し心配になりかけたが、直ぐに考えを直した。冒険者同士は助け合いだと言いつつも、基本は自己責任だ。

彼等がその装備で良いと判断したのなら、そこに自分が関与すべきではない。

そうノードは考え、馬車のガタゴトと揺れるリズムに身を任せた。少し前から石畳のリズムは舗装されていない道のそれに変化していた。

§

休憩と夜営を挟みつつ翌日の昼前には、一行の馬車は目的地へと辿り着いた。

「尻いってー!」とパーティーらしき一員の若い冒険者が尻を押さえて叫んでいたが、それにはノードも同意だった。

錬金術ギルドの馬車には衝撃緩和装置《サスペンション》がついておらず、地面の一寸した凹凸でも揺れるため、控えめに言っても道中は最悪だった。とはいえ上級冒険者ならいざ知らず、下位の木っ端冒険者を輸送するためにはそんな機能の付いた馬車は使われる筈もない。

錬金術ギルドの馬車は、ノードたちの乗って（載せられて）来た馬車の他にも二台あった。計三台が採取地に来ていたが、その二台の馬車には、錬金術ギルドの紋章が肩に意匠された服を着たギルド員が乗っていたようで、彼らは同じく幌の付いた荷台から次々と樽を降ろしていた。

その作業を眺めていると、荷降ろしに従事していない別の錬金術ギルドのギルド員が説明を始めるので、冒険者に集まるよう指示を出した。

ノードは直ぐに意識を切り替えて、そのギルド員の方へ歩を進めた。

説明として採取する薬草の見本を見せられた後、滞在する日程や、採取した薬草の納品方法、夜営地などについてだった。

それらの説明を受けた後、直ぐに仕事に取り掛かるよう指示を受け、集まっていた十人以上の冒険者たちは各々仲間がいるものはグループを作ったり、或いは顔見知り同士で薬草が群生する森の中へと入って行った。

一人で行動している冒険者は少数派で、ノードはその数少ない冒険者の内の一人だった。

森の中は鬱蒼《うっそう》と木々が生い茂っており、樹上高く伸びた枝葉が日光を遮っているためか、森の中は若干薄暗かった。

とはいえ、土壌の栄養が豊富なのだろう。下草は豊かに繁茂しており、最初こそ獣道のような場所があったが、直ぐに道無き道をノードは歩くことになった。

草木を掻き分けて足場の悪い道を奥へと進んでいけば、直ぐに先程見せられた見本《サンプル》と同じ薬草が生えている場所に出た。

ノードは周囲を警戒しつつ、早速薬草採取に取り掛かった。

薬効は葉と茎に集まっていると聞いたので、根を傷つけないように、茎を少し残すようにして採取する。こうすることで、再び同じ場所に薬草が生えて来るのだ。

ノードは黙々と作業し、あっという間に対象の薬草を集め終えた。そして次の薬草の群生している場所を探しに移動する。小一時間もすれば、そこそこの量が集まった。

ノードにとって、遠方での依頼を請けたのはこれが初めてだったが、どうやらこの分であれば中々上手く行きそうだった。初めは失敗する可能性が少ない、手堅い依頼が良いだろうと考えて採取依頼を受注したのだが、どうやらその考えは正しかったようだ。

これまでにも王都周りで薬草を集めていた経験が活きた。薬草の種類こそ違うが、基本的なコツは共通である。また今回採取した群生地を記憶しておけば、同じ場所での採取依頼が出されていたときに役立つだろう。

そんなことを考えながら、ノードは次の薬草を求めて移動した。

§

途中、時折森に棲息する魔物（といっても大した敵ではなかった）との交戦を交えながら、ノードは順調に薬草採取を続け、薬草で膨れ上がった袋を担ぎ、森を後にした。ノードは日が落ちる前に森を出て、初日の納品を済ませたが、同じく納品に戻ってきていた他の冒険者と比べても、負けず劣らずの成果だったようだ。

納品した薬草は、馬車の中に運ばれ、錬金術ギルドのギルド員が、何やら作業しているようだった。

魔法薬に使うポーション作製の下拵《したごしら》えといったところだろう。

残念ながら、錬金術ギルドの秘匿技術でも含まれているのか、馬車の入り口には幕が張られており、中の様子を窺うことは出来ないので、具体的な作業については分からなかった。

依頼主である錬金術ギルドに嫌われても良いことはないので、ノードは余りその馬車の方へは近づかないようにして、早く夜営の準備を整えることにした。

薬草を納品したことで、すっかり小さくなった荷袋を腰に据え付けた道具入れに押し込み、身軽になったその身でノードは再び森へと入った。

といっても薬草採取を再開するのではなく、夜営に使う薪集めだ。ひょいひょいと、落ちている小枝等を手際よく集め、十分な量を確保すると、ノードは次に食糧を集めることにした。

森の中ではキノコなども見掛けたが、残念ながら王都で育ったノードには、何れが食べられるキノコなのか見分けがつかなかった。今後も遠征するのであれば、そういった知識――生存技能《サバイバル》に関する知識が生死を分けることがあるかもしれない。ついでに言えば、金を掛けずに腹が膨れるに越したことはない。

冒険者向けの店や食料品店で売られている保存食は、日持ちするものの大体は乾パンか干し肉だ。味付けされているとはいえ、保存が優先されており味は落ちるし、何より高い。

依頼を終えたら、冒険者ギルドの酒場辺りで斥候《レンジャー》の技能を持った冒険者に教えをこうてみようか。夜になれば酒場でいつも酔っ払っている冒険者の顔を思い浮かべながら、ノードはそう思案した。酒を奢れば教えて貰えるかも知れない。酔うと口が滑りやすくなるのだ。

キノコは食べられないが、ノードは別の食料の当てがあった。

ノードは拠点から少し歩いたところにある川へと来ていた。

水汲みができる場所として教えられた場所だ。

そこでノードは、道具袋から一本の糸を取り出した。それを薪集めのついでに拾っておいた手頃な木の棒にしっかりと結わえ付けると、川の中へと糸を垂らした。糸には針がつけられており、その先には適当に捕まえた虫を餌として付けていた。

釣りは、王都で育ったノードにとって、フェリス騎士爵家で鍛えた剣の腕以外にも誇ることができる技能だ。

王都には近くに川が流れていることもあり、ノードは度々そこに釣りに出かけることがあった。

そこでノードは長年釣りを嗜《たしな》んでおり、中々の腕前だと自負している。もっともその釣りの腕が上がった理由は、貧乏だから腹を満たすために魚を釣る必要があったからだったが。

ノードの釣りの腕前は大したもので、慣れ親しんだ王都の川と違う場所でも、その腕前は遺憾なく発揮された。

次々と川面に垂らされた糸に反応があり、釣竿を巧みに操ったノードの手には、然程時間が経っていないにも拘わらず数匹の魚が納められていた。

川岸の手頃な石をまな板代わりにして、慣れた手付きで魚の内臓を処理し、これまた森で拾っておいた枝を加工した串に突き刺せば、後は焼くだけで立派な晩飯の出来上がりだ。

串差しにした魚を片手に、脇に薪を抱えたノードが夜営地に帰ってくれば、既に冒険者たちが火をおこし、銘々焚き火を囲んでいた。

夜営には火が欠かせない。当然ノードも火おこしの道具も技術も持ち合わせてはいたが、既に誰かが火を使っているなら、それを借りるに越したことはない。

ノードは焚き火を囲む冒険者の一人に火を借りたいと頼み込むと、その冒険者は快く応じてくれた。

ノードは感謝の言葉を告げ、串刺しにした魚を調理し始めた。といっても地面に串を差して、魚が焚き火で焼き上がるのを待つだけだが。

魚が三匹釣れた時点で釣りを切り上げたので、ノードには三匹の焼き魚が出来上がった。

その内の一匹を火を借りたお礼にと、冒険者に譲った。

冒険者は「本当か？　悪《わり》いな」と言って遠慮なく焼き上がった魚を食べ始めた。

ノードもそれに合わせて魚に齧りつく。

塩を振った程度の簡素な味付けだったが、一日中働いて空腹の身には染みた。

保存食として買ってきたパンも齧りながら、ノードはすっかり暗くなった夜の森の側で、少しだけ豪華な野営食を楽しんだ。

7　戦闘

翌日以降も、ノードは順調に採取を続けた。

森の入り口付近に生えていた薬草はあらかた採取され、段々と森の奥へと進むことになったが、薬草はむしろ森深い場所の方がより繁茂していたため、往復の距離が増えても採取量は全く落ちなかった。

釣りの腕も依然として発揮されており、ノードは夜営のときにも歓迎されて、悪くない食事にありつくことが出来ていた。

初日こそはパンと魚だけだったが、ノードが釣ってきた魚を提供することで、二日目以降は、対価としてスープを貰うことが出来たのだ。

冒険者の中に斥候技能持ち《レンジャー》がいたらしく、キノコと野草、魚に誰かが持ち寄った塩漬け肉が入ったスープだ。

森の夜営は、まだ暖かい季節といっても流石に冷える。

森が近くにあり、防風林として機能するためまだ楽な方だが、これが平原のど真ん中だったりすると、遮る物がない夜風が体温を奪っていくのだと、ノードは従軍経験のある家族たちに聞かされたことがある。

それに比べて、塩の効いた温かい具入りスープが飲める今回の依頼は当たりだったな、とノードは考えながら採取の日々を過ごしていた。

そして予定された日程を消化し、帰還まであと一日を残すのみとなったある日。

ノードは森深くで何時ものように薬草の採取を続けていたが、そんなノードの耳が戦闘の音を捉えた。

森のざわめきの向こう側から微かに聞こえた戦闘の音は、その場所が遠いことを示していた。ノードは僅かな時間をかけて、音から遠ざかるか、或いは援護に向かうかを考えた。

ノードもここ数日で幾度か森の中で魔物と戦闘をしたが、それらは野生動物と大した差のない、脅威の低い魔物だった。当然戦闘も直ぐに終わり、また他の冒険者たちの場合も同様だった、と夜営のときに食事を共にした冒険者たちから聞いた。

しかし、今聞こえる戦闘の音は途切れることはなく、死闘が続いているのだと分かった。当然、戦っている冒険者たちの相手も強敵だろう。

何が敵か判明していない以上、危険を避けるのも一つの手だった。命は大事に扱うものだからだ。

ノードは直ぐに音の方――援護に向かうことにした。

家族のために稼がなければならないノードは、決して無茶をしてはいけないと自分を戒《いまし》めている。

しかし、苦戦しているかもしれない冒険者を見捨てて逃げるのは、諦めた道とは言え、騎士を志していたノードには出来ない選択だった。

§

森の中を疾走していくと、段々と戦闘の音は大きく、激しくなっていった。

逸る気持ちを抑えながら、ノードは全力で駆けた。

森の中での歩き方は、ここ数日で何となくではあるがコツを掴めた。採取に歩き回っていただけでなく、食事を共にした斥候《レンジャー》持ちの冒険者などに聞く機会があったからである。

森は木々が生い茂り、根や落ちた枝などが散乱していることが多い。またそれらは下草に隠れているから、尚更分かりづらく、それが、歩きにくさに影響しているのだ。

それを、多少でも緩和できたノードは、最短で音の発生元へと辿り着けた。

——見えた！

視界の先、木々の合間から見えた影。

冒険者のそれとは大きく異なる装備と、そして薄汚れた緑色の皮膚。

迷宮《ダンジョン》の中で散々倒した醜悪な顔をした小人——ゴブリンの群れだった。

ゴブリンたちはかなりの数で徒党《パーティー》を組んでいた。

（一部、装備に優れたゴブリンがいるな）

そのゴブリンの群れは記憶の中で戦った迷宮《ダンジョン》内部のそれとは装いを異にしていた。

迷宮《ダンジョン》内部では襤褸《ぼろ》布を腰巻きのように巻き付け、ボロボロに刃毀れした短剣を持つ者しか出現しなかったが、目の前のゴブリンたちは、動物の革を剝いだ衣服のような物を身に纏ったり、手には錆びた剣や木の枝を削って作ったであろう槍などを装備している。

経験を積んで強くなったゴブリンなのかもしれない。

ゴブリンたちは、森が拓《ひら》けた場所で、森を背にするようにして冒険者たちと対峙していた。ゴブリンの数はざっと数えて二十以上いた。

対して冒険者の集団は五人らしく、各々が背中を守り合うような陣形をとって戦っていた。

ゴブリンたちは数を活かし、取り囲むようにして戦っているようで、槍を持ったゴブリンが冒険者たちを包囲しようとしているようだ。

当然、戦闘における包囲される状況というのは、致命的である。特に個体での戦闘力こそ劣るものの、数の多いゴブリンなどに包囲されてしまえば、あとは四方八方から攻め立てられてしまう。

人間である冒険者の手数は限られる以上、何体かゴブリンを倒せても、それを上回る数の暴力で嬲られ次々と手傷を負わされ、最後には立つことも出来なくなるだろう。

そして、そのゴブリンによる包囲網は間もなく閉じようとしていた。

倒れ臥したゴブリンの死体や、流血による血溜まりがあることから察するに、冒険者たちはかなりのゴブリンを倒したのだろう。それが激しい戦闘音の正体だ。

しかし、衆寡敵せず。数に押されて包囲を許してしまい、絶体絶命の危機《ピンチ》が訪れようとしていた。

ノードが駆け付けたのは、そんな頃合い《タイミング》だったのだろう。

森を駆けるノードに、まず冒険者たちが気が付いた。

続いて包囲するゴブリンの内、森側に一番近い個体が気が付いた。戦闘の音に紛れて、背後の森から聞こえる木々の葉擦れが聞こえたのだ。

そのゴブリンは音に反応するようにして振り返り、そして――煌めく光が目に入り、何が起きたのか分からぬまま、そのまま絶命した。

§

森を駆けた勢いそのままに、引き絞られた弓から放たれた矢のごとく、森から飛び出したノードは近くにいたゴブリンへと剣を振るった。

何が起きたかも分からずに、両断されたゴブリンを捨て置いて、その隣にいたゴブリンをも返す刀で斬りつける。

首筋の骨の間を狙って振り抜けば、そのゴブリンの首は抵抗なく刎ね飛ばされた。頭部を喪い、首から血を吹き出すその死体を、自分の盾になるよう一歩移動。

ここに至り、奇襲《バックアタック》を受けたと気が付いた他のゴブリンが、此方に向き直ろうとする。

その内の最もノードに近い一体は、闖入者に一早く気が付き、その手に持った得物でノードへの攻撃を試みようとする。

しかし、頭部を喪った同族の死体が障害物になり、攻撃をすることが出来なかった。

そしてノードは、容赦なくそのゴブリンの首元に剣を突き刺し、絶命させる。

一瞬の間に、三体のゴブリンを葬ったノードは、鮮血に塗《まみ》れた剣をゴブリンから引き抜く。ドサドサと死体が地に倒れ臥す音がして、流石のゴブリンたちも第三者の襲撃に気が付いた。

ギャアギャア、と喚き立てているのは、殺せと叫んでいるのか、或いは邪魔立てした自分への怒りか。――両方だろうな、とノードは考える。

奇襲に気付かれた以上、一方的な攻撃はこれで終わりだった。

既にゴブリンはノードに気が付いて油断なく武器を構えている。

しかし、

「――増援か!?　助かる！」

ゴブリンに包囲されようとしていた冒険者、その内の一人が心の底から、といった風情で感謝の声を上げる。

円陣に近い陣形で戦っているため、森側に背を向けてノードの参戦に気が付いていなかった他の冒険者たちも、次々に「本当か!?」「有難い！」などと声を上げた。

その声色は喜色に富んでおり、絶体絶命の危機《ピンチ》に来た天の助けに幾分か気力を取り直したようだ。

半包囲が済み、あとはぐるりと完全に包囲するだけの状況が、ノードによって崩された。

包囲をしているということは、取り囲む壁の厚さ――つまりゴブリンの数は少ない。

冒険者の集団が激戦を繰り広げ、既にかなり数を減らしていたゴブリンの包囲は、ノードが奇襲《バックアタック》で仕留めた三体のゴブリンの死亡により、穴が開いたのだ。

これにより、状況は包囲から、両サイドから挟まれるような形での戦闘へとシフトする。

そのことに冒険者も気が付き、陣形を変化させた。包囲されるとなると、五人の集団では背中を守るのが精一杯だが、挟まれる形に対応するなら、不利な状況は変わらなくとも、横をカバーするようには戦えるからだ。

そして、その僅かな差が勝敗を分けた。

ノードは自身も包囲の輪に取り込まれないよう、位置取りを意識しながら戦った。

すると局地的にではあるが、ノードがいる側では、ゴブリンが冒険者とノードに挟まれる形になる。

挟み撃ちの状況で戦うのは当然不利であり、冒険者と比べて個体での戦闘力に劣るゴブリンは、少しずつ討ち取られていった。

ノードは包囲の中の冒険者と即席の連携をしつつ、次々とゴブリンを倒していった。

迷宮《ダンジョン》の中で戦ったゴブリンに比べると、装備の質や力、体格などが勝る外のゴブリンだったが、それでもゴブリンには違わない。

一部の装備の優良なゴブリンに気を払いつつ戦えば、あとは何度も殺してきた相手であるため、楽に屠《ほふ》れた。

ノードが楽に戦えたのは装備の違いもあった。

包囲を受けていた冒険者の集団は、戦っている所を見る限り、装甲で守っているのは胸部をはじめとした一部の部位だけであり、それ故に敵の攻撃を、より警戒しながら戦わなければならないようだった。

対して、以前迷宮《ダンジョン》内で使っていた鎧よりは性能が落ちるものの、全身を鎧に包んだノードは、比較的優位に戦いを進められるからだ。

仕込んだ鉄板の防御分を除いても、金属製の剣や槍を除けば、ゴブリンの扱う粗末な木の槍程度は硬革で十分に防げる。

ゴブリンは戦闘に慣れていたノードの的確な立ち回りもあり、その剣の餌食になった。

§

ノードがゴブリンを十匹ほど追加で屠ったところで、ゴブリンの集団は全滅した。包囲されていた冒険者の一人が、最後のゴブリンに止めを刺した。

周囲を警戒しても、気配は無い。増援は無いようである。

周辺警戒をしていたノードに、包囲されていた冒険者の一人が近付いてきた。

「助かったよ。ありがとう」

胸部に革の胸当てをして、剣を使って戦っていた冒険者だ。

年は若く、ノードと同じぐらいの年齢だろう。ノードは彼らが、道中の馬車の中で仲間と話を弾ませていたパーティーだと気が付いた。

「俺の名前はジニアス。君の名前は？」

差し出された手を握り、握手を交わす。ジニアスは全身傷だらけだった。

「ノードだ。怪我をしているようだが、大丈夫か？」

ジニアスだけでなく、他の冒険者たちも大分手傷を負っていたはずである。ノードは心配して、問いかけた。

「ああ、ノード。君のお陰で何とか怪我で済んだよ。それにほら」

ほら、という言葉に合わせて、ジニアスが一点を指し示した。

その指の先に視線をやり、なる程とノードは納得した。

そこでは、馬車で居合わせたジニアスと喋っていた女性の冒険者が、他の冒険者に治癒を施しているところだった。

「彼女はリセス。うちのパーティーの神官さ。彼女がいなければ、とっくの昔に僕ら死んでるよ」

よく見れば、ジニアスの着ている衣服には穴が開いていた。

戦闘で破けて鮮血で染まっているが、これは返り血ではなくジニアス自身の怪我に依るものらしい。

ひょっとしたら腹に穴くらいは開けられたのかもしれない。

何事かを呟き、祈りを捧げるリセスと呼ばれた神官の少女の手から、優しい光が溢れて他の冒険者の傷を癒していた。

治癒が済んだのだろう、リセス他、冒険者たちがジニアスとノードの元に近付いてきた。

彼らは次々に握手を求め、応えるノードの手を強く握って感謝の念を言葉で表した。

彼らはそれぞれ、シノ、アルミナ、ゲイゴスという名を名乗った。

リセスはノードにも治癒を施そうとしたが、ノードはそれを固辞した。ゴブリンの攻撃は鎧に阻まれ、傷らしい傷を負っていないからだ。

リセスは最後にジニアスの傷を治癒の魔法で癒すと、立ち眩みを起こした。魔法力を使い過ぎたらしい。

ジニアスに受け止められるように抱き抱えられた彼女は、気絶こそしなかったものの、これ以上無理はさせられないと誰の目にも分かった。

ノード自身、森の中を全力で駆け抜けた後に戦闘をして、疲弊していた。

戦闘にも時間を食われており、日は大分傾いている。

誰かが提案するでもなく、その場にいる全員が野営地に戻ることを決めた。

8　採取最終日

ボロボロになって帰還したジニアス一行の姿に、他の冒険者は驚いたようだった。

彼らは次々にどうしたのかと口を揃えて心配し、そしてゴブリンの群れに出会《でくわ》したことを告げると、一度気の抜けた顔になり、そしてどの程度の規模だったかを告げると再び驚いた表情を見せた。

森を後にする前、あの場にあったゴブリンの死体を数えてみると、なんと四十体以上あった。

ジニアスたちの話では、広場の前にも森の中でも何度かゴブリンと戦ったそうだ。倒しても次々と現れるゴブリンに、逃走を試みたが、追い付かれ、覚悟を決めて戦うために連携の取りやすいあの場所で戦っていたのだという。

証言では五十余りのゴブリンと戦っていたことになり、そのゴブリンとの死闘を切り抜けたジニアスたちは、その武勇伝を他の冒険者や錬金術ギルドの人たちに褒めそやされ、面映ゆそうにしていた。ノードも助けに向かったことや、その戦闘技術などを称賛された。

ノードがまたしても、釣ってきた魚を加えた食事は、一段と豪華なものに仕上がった。

ジニアスたちが、感謝の気持ちということで、手持ちの食糧を大盤振る舞いしてくれたのだ。

とはいえ、傷を負い血を流した彼らにこそ食事は必要であり（魔法では傷は塞がっても体力は回復しない）、ノードもまた何時もより多く釣った魚を提供した結果、豪勢な食事（保存食が主）となった。

嬉しいのは、ジニアス一行のシノが料理の腕が立つことだった。故郷では実家が宿屋をやっているというシノは、その生い立ちから身に付けた料理の腕を、限られた環境で存分に発揮してくれた。

そしてその料理に舌鼓を打っていると、別の冒険者たちも混ざり、そのまま宴会の様相を呈していた。

ジニアスは既に本日何度目かの自分たちの武勇伝を高らかに唄い上げていたが、それを聞いていた冒険者の一人がこう言い出した。

「そんなにゴブリンがいたなら、多分塒《ねぐら》もそこそこな規模だろ。金銀財宝は無理でも何か溜め込んでるんじゃないのか？」

その言葉を聞き、ジニアスたちは焚き火で朱色に照らされた顔を見合わせた。

命からがら逃げ出して来たことで、そのことに思い至らなかったのだ。

その後、パーティーのリーダーであるジニアスから、誘いを受けた。「明日、最終日にゴブリンの巣を探索に行かないか」と。

その言葉を受け、ノードは悩んだ。

今日はゴブリンの集団との戦闘の影響もあり、薬草の採取量は少なかった。これ迄の六割ほどである。今日迄にそこそこ集めているとは言え、果たして明日もまた別のことに時間を使ってよいのだろうか、と。

ゴブリンとの死闘では、ノードもかなりの戦果を上げたが、討伐依頼ならいざ知らず薬草の採取依頼では何体倒そうとも金にはならない。

ゴブリンたちは巣穴に財宝を溜め込む性質があると聞くが、所詮はゴブリンなので大した物は無いかもしれない。しかし、もし金銭でもあった場合、どうするか。

結局、ノードは迷いに迷った挙げ句、やはり冒険することを選んだ。誘惑に負けたのだ。

同行する旨をジニアスに伝えると、ジニアス以外の皆も喜んでくれた。どうやら危機《ピンチ》に駆けつけたお陰か、大分好感度が上がっているらしい。

ジニアスは、翌日、太陽が昇ってからすぐに探索を始めることを提案してきた。ノードとしても、もし空振りに終わっても余った時間で採取出来るならそれに越したことはない。

ノードが明日に備えて、横になると、直ぐに眠気が襲ってきた。ノードは深い眠りについた……。

§

翌日、ノードは目が覚め直ぐに支度を済ませた。ジニアスたちも直ぐに支度を済ませ、一行は再び死闘を繰り広げた山の中へと歩を進めた。

ゴブリンたちの死体は、一日が経ち、早くも異臭を放ち始めていた。森の中にも、ジニアスたちが逃げながら戦い、屠ったゴブリンの死体があった。

ジニアスたちがゴブリンに襲われた辺りは、薬草もかなり繁茂していた。ノードにはそれらが落ちている銅貨にしか見えず、何度か探索を抜けて薬草採取に戻りたい気持ちが湧いてきたが、それを何とか抑え付けた。

「……っ！　止まって」

ジニアスたちと森を探索していると、突然パーティーの一人であるアルミナが小声でパーティーにそう呼び掛けた。

アルミナは故郷で猟師の娘として生まれ、斥候《レンジャー》の技能をもつ弓手だ。昨日の戦闘では矢が尽きたあとはゴブリンたちと短剣で死闘を繰り広げていた。障害物の多い森の中では、弓矢は不利なので今は肩にかけている。

そのアルミナが、足音を殺し慎重に移動をする。森の中だというのに全く音を立てない移動に、ノードは本職の斥候《レンジャー》に比べれば、自分の付け焼き刃な森の歩き方などまだまだだと思い知らされた。

アルミナは、暫くすると戻ってきた。

それによると、ゴブリンの塒らしき場所を見つけたらしい。

アルミナの指示に従い、慎重に移動した先。そこからは、確かにゴブリンの姿が見えた。

どうやら見張りのようだ。姿は一体分しか見えない。

ノードとジニアスたちは小声でゴブリンに気付かれないように会話をした。

「まだ生き残りがいるかもしれないが、行くか？」

ノードがジニアスに問い掛けると、彼は首肯した。そしてアルミナへと、見張りのゴブリンを狙撃するよう指示を出した。

アルミナはノードたちから数歩離れると、矢をつがえて弓を静かに構え、弦《つる》を引き絞った。アルミナは狙いをゴブリンへと絞り、精神を統一すると、弦から手を離した。

限界まで張りつめた弓から、矢が凄まじい勢いで放たれ、射出音が周囲に小さく響く。

しかしそれは早朝の鳥の囀《さえず》りや木々の葉の擦れる音に掻き消され、パーティーの仲間以外にその音を聞いた者はいなかった。

矢は吸い込まれるように見張りのゴブリンの頭部に突き刺さり、彼は自分になにが起きたか分からないまま絶命した。

ノードたちは慎重にゴブリンの塒へと近付いた。

見張りは一体だけだったようで、増援はない。

塒は洞窟で、奥へと続いており、入り口からは中の様子は分からなかった。

ノードたちは一言も喋らず、視線で意思を交わした。

――行こう。

彼らは手にしていた、昨晩用意した松明《たいまつ》に火をつけ、ゴブリンの洞窟へと足を踏み入れた。

§

洞窟の中は暗く、そして深かった。

外よりも見通しの悪い洞窟で、ノードたちは慎重に探索を進めた。特にジニアスたちは、昨日包囲されて追い詰められたときの恐怖が真新しいようで、挟み撃ちは御免だとばかりに後方にも執拗《しつよう》に警戒をしていた。

洞窟は入り組んでおり、狭い通路が続いた。ゴブリンが掘り拡げたのか、時折広い空間に出ることがあった。

何体かのゴブリンと出会したこともあったが、数は少なく、時間をかけずに制圧することができた。

広い空間――部屋の中は、ゴブリンの居住スペースらしき場所だったり、食糧が溜め込まれていたりと、様々な用途に使われていた。しかしそこにある物は、いずれも無価値な物ばかりであり、他には銅貨が数枚見つかっただけだった。

これは空振りに終わるかもしれないと、洞窟に侵入する前には確かに存在していたノードの期待心は、すっかり萎《しぼ》んでしまっていた。

――と、ゴブリンの死体があるだけの部屋を抜け、次の通路に差し掛かったとき、先頭を歩いていたアルミナが、またしてもパーティーに待機指示を出した。

その意味は直ぐに分かった。通路の奥からはゴブリンたちの声が聞こえたからだ。

どうやらそれなりの数がいるらしい。

ノードたちは小声で作戦を決めた後、通路の奥へと進んだ。

通路の奥は、一際大きな空間となっていた。

次第に大きくなるゴブリンたちの声は、洞窟の壁に反響していた。

その音に紛れるようにして、アルミナの先制の射撃が始まった。

部屋の中にいたゴブリンたちは、突如同胞の頭部に生えた矢を、ポカンと見つめた後、それが敵の襲撃だと気が付いたらしい。

慌てて入り口に視線をやるが、そのときには既に突入は始まっていた。

矢が刺さる前に、弾けるように室内に飛び込んだノードとジニアスが、その剣でゴブリンたちを切り裂き、絶命させる。

さらにシノも後ろに続き、手に構えた投擲《とうてき》用のナイフを投げる。ゴブリンに突き刺さり、痛みに悲鳴を上げたそのゴブリンは、直後にジニアスに止めを刺された。

遅れて突入したゲイゴスは、両手で持った槍を突き、ゴブリンを串刺しにする。洞窟内では取り回しが良くないが、この開けた空間では十分に振り回すことが出来た。

リセスはゴブリンの攻撃で傷ついた味方がいれば治癒の魔法をかける手筈だったが、その必要は無さそうだった。

部屋の中には、十数体のゴブリンがいたが、彼らは奇襲に対応出来ず大きく数を減らし、そしてそのまま形勢を立て直すことなく殺られていった。

後には死体が残るばかりである。

「これで終わりかー？」

シノが軽い調子でそう言った。

「……みたいね」「ですね」

アルミナとリセスも、後方の来た道から来る敵に警戒していたが、増援の気配は無いようだ。

「通路は見当たらんな」槍を身体に立て掛けるように構えたゲイゴスは、室内を見渡すも他の道への通路が無いことに言及した。どうやらここが最後の部屋らしい。

「じゃあ、家捜しするか」

ジニアスのその声で部屋の中の探索が始まった。

見張りに二人——立候補したゲイゴスとアルミナが入り口を見張り、それ以外の面子《メンツ》で部屋の中を探し回る。

最後の部屋——大広間はこれ迄の部屋と比べても広く、物も一杯あったため、探索には時間がかかった。

「なんだこりゃ」

シノが何に使うか分からないガラクタを弄びながら声を漏らす。

今のところ、やはり金目の物は見当たらなかった。

「おっ！」

と、そのときジニアスが嬉しそうな声を上げた。

何だ？　と思ってノードもそちらを見てみるとジニアスは一つの箱を取り出した。

何やら古びた箱だが、ゴブリンの手製というわけでは無いようだった。恐らく人間を襲撃した時に持ち帰った物だろう。

木製の箱には意匠が施されており、鍵穴が付いている。

ジニアスが揺すると、ジャラジャラと音が鳴った。

「なんだ金か!?」

期待した声でシノが問いかける。

「かもな……よっ、と」

小さな子供ほどの大きさの箱だ。

ジニアスは側にあったゴブリンの剣を箱に差し込み、無理やり抉《こ》じ開けた。残念ながらこの場には、ノードを含めて鍵明けの技能を持つ仲間がいないため、妥当な行動だった。

「うおっ！」

果たして、抉じ開けた箱の中身はシノの言葉通りだった。

どうやらこれはゴブリンたちの宝箱だったようで、中には色んな物が入っていた。

キラキラ光るカンラン石や黒曜石など、あまり価値のないものもあったが、中にはそれなりの枚数の貨幣が溜め込まれていた。

「うーん……ほとんど銅貨だな……」

ジャラジャラと、ジニアスが中身を漁っている。

他の仲間も気になるようで集まってきている。アルミナは持ち場から離れて覗きに来ているほどで、ゲイゴスは彼女の分までしっかりと見張りの役割を果たしていた。

最終的に、宝箱の中身を数えた結果、大量の銅貨と、嬉しいことに数枚の銀貨が入手出来た。

他には残念ながら目ぼしいものは無かったため、その貨幣が今回の冒険の報酬だった。

ゴブリンの洞窟を後にした頃には、日はすっかり昇りきっていた。

明朝には錬金術ギルドの馬車に乗って、王都へと帰還の旅路に就くことになる。

その後ノードは、日がくれる前までジニアスたちと薬草を集め、この依頼最後の薬草採取の仕事を終えた。

夜は、昨日に続いての宴会となった。

皆が戦果について期待していたが、結局大したものは無かったと話したため、彼らは「まあ、ゴブリンなら、そんなものか」と詰まらなそうにため息をついた。

ちなみに、銀貨も含めたゴブリンの洞窟の宝は、結局ノードとジニアスの仲間を合計した六人で割ってしまえば、丁度丸一日薬草を集めて回った場合と同じぐらいの金額に落ち着いた。

9　昇格依頼《ランクアップクエスト》

ゴブリンとの死闘を交えた薬草採取の依頼も無事終わり、王都に帰還したノードは、それからも依頼を請け続けた。

ある日は迷宮《ダンジョン》で魔石を集め、ある日は採取をし、またある日は魔物の討伐へと出掛けた。

魔物との戦いは、常に死や大怪我の危険が伴うが、ゴブリンとの死闘を通して交流を深めたジニアスの徒党《パーティー》に入れて貰ったり、別の石板級《プレート》冒険者と組んだりして、依頼をこなしていった。

そして、
作物を荒らす牙猪《ジャイアントボア》の討伐任務を終えて帰ってきた日のことだ。

「おめでとうございます。貢献度が一定ポイントを達成しましたので、ノードさんは第二階位に昇進が可能になりました」

依頼達成の報告をカウンターにしに行くと、ギルド職員にそう告げられた。

初めての遠征以降、かなり積極的に依頼を請け続けたお陰で、貢献度が高まっていたらしい。

第二階位である玉石級《ストーン》冒険者に昇進すれば、更に仕事の幅が拡がる。

冒険者ギルドが取り扱う仕事は多岐にわたるが、その依頼の中でも、特に【護衛依頼】という種類の依頼がある。

文字通り、隊商や要人などを護衛する依頼なのだが、この依頼は受注するために条件が付くことが多い。例えば依頼人が魔物に襲われそうなルートを通る必要がある場合、『第○○階位以上で、そこに出没する魔物の討伐経験があること』などだ。

付帯条件は依頼人が指定する他、冒険者ギルド側が判断して追加で条件を加えることもある。

そして、どんな簡単な護衛任務であってもギルドが加える最低条件が、『玉石級《ストーン》冒険者以上であること』なのだ。

他にも【配達依頼】や【調査依頼】など、様々な『一定階級以上の冒険者であること』が受注条件となっている任務は多い。

これは依頼の達成難易度だけではなく、信頼度の問題だからだ。依頼人を裏切ったり、配達物を持ち逃げしたりする可能性が無いか。

ギルドが安心して任務を任せられるかが依頼を受注できるかの鍵だ。

石板級《プレート》冒険者には、誰でも出来る簡単な仕事をこなせば簡単に昇格することが出来る。最初にわざわざ簡単な仕事をさせるのは、低賃金の仕事でも嫌がらずにやり遂げるかといった最低限のことを、冒険者ギルドでの仕事のやり方（特に手続き）の訓練がてら試しているに過ぎない。

【護衛任務】では、求められることは〝強さ〟だ。

依頼人は、自分の身を守ってくれることを期待して依頼するため、冒険者が依頼を引き受けたはよいが、『依頼人共々全滅しました』では話にならないからだ。

そして、ノードは何度かの討伐依頼を達成したことで、その最低限の強さを備えているに違いない、と冒険者ギルドに認定されたというわけだ。

ただ、その基準を分かりやすくしたのが蓄積した貢献度であるが、貢献度自体は別のことを測る物差しにも使われる。

それは冒険者ギルド、或いは社会への〝貢献〟だ。

冒険者ギルドに出される依頼は、大なり小なり世の中の人々が困って出した物であり、謂《い》わば世の中に存在している難題《トラブル》でもある。

その中には、『報酬が少なくて冒険者には旨味が少ないけれど、でも難易度は高い』もしくは『報酬はあまり出せないけれど、社会の安定のためにこなしてもらう必要がある』といった依頼も存在する。

それらに一々ギルドが追加で報酬を振る舞ったり、或いは国やその地方の領主へ報酬を出すよう促していてはキリがない。

その問題を解決するため、報酬の代わりに貢献度を高く設定することで、次の階位《ランク》への挑戦がしやすくなる、という制度を冒険者ギルドは創り上げた。

ただし、この制度だけだと貢献度は高いけど戦闘力が低い冒険者が、上位の階位《ランク》へと昇格してしまう。

上位の階位《ランク》の冒険者に出される任務は、何れも強力な魔物や敵、またはその他の困難が待ち受けていると予想される物ばかりだ。

冒険者の本質は【強さ】であり、その強さが無いものにはいくら貢献度が高くとも階位昇格《ランクアップ》を許す訳にはいかない。

よって、冒険者ギルドでは、昇格の条件が満たしたものには特別な依頼《昇格クエスト》を発行することがあるのだ。

これは冒険者ギルド側で指定した、昇進する階位《ランク》の冒険者の実力だと認めるのに相応しい難易度の依頼を、冒険者に受注させるというシステム——端的にいうと、一つ上の階位《ランク》の依頼を受けさせて達成出来たら昇格——なのだ。

「如何なされますか？」

という内容を、冒険者ギルドの職員から説明され、ノードは今ならどんな依頼があるか聞いてみた。

場合によっては丁度良い難易度の依頼が存在しない可能性もあるからだ。或いは向き不向きの問題もある。

「現在認定されている昇格依頼《ランクアップクエスト》はこれですね」

職員は、カウンター内から一つの文綴《ファイル》を取り出した。その文綴《ファイル》をペラペラと捲っていき、ある頁から一枚の依頼書を抜き出した。

ノードの視線が差し出された依頼書の内容へと注がれた。

依頼は魔物の討伐依頼だった。

昇格依頼《ランクアップクエスト》はその九割が討伐依頼だ。戦闘力を示すのに魔物の討伐ほど分かりやすいものはないからだ。

依頼書には『岩狼《ロックウルフ》の退治求む！』と書かれていた。

§

岩狼《ロックウルフ》は、イルヴァ大陸東部の山岳部に棲息している魔物だ。狼系の魔物の一種であり、習性は森林狼《フォレストウルフ》などの標準的な狼と変わらない。

しかし、体毛が変化した硬い装甲を纏っており、狼にタイルを鎧のように貼り付けた外見をしている。

若い個体は装甲が薄く、装甲がある部位も狭いが、群れのリーダーにもなると体表の大部分を装甲が覆う——らしい。

らしい、というのは、酒場で玉石級《ストーン》冒険者以上の冒険者から聞き出した情報だからだ。

冒険者から聞き出した情報は他にもある。

岩狼《ロックウルフ》の好む食べ物であるとか、岩狼《ロックウルフ》は岩肌に擬態するから気を付けろだとか、装甲は狙っても硬く弾かれるだとか、他にも色々と情報を聞くことができた。

それらの集めた情報を、ノードは革の装丁が施された手帳に書き込んでいった。この手帳は、ノードの冒険の活動や、その中で見聞きしたことや体験などを綴ったものである。

最初は薬草採取のコツなど忘れないように書き留めたり、受注した依頼で起きた出来事を日記のように書いていただけだったが、やがて書き込む内容は増え、訪れた場所の簡易的な地図《マップ》や戦った魔物の情報、果ては冒険者から教わった料理の調理法《レシピ》など、多種多様な内容が纏められるようになった。それらはノードの冒険者としての活動であり、その手帳は単なるメモ書きから冒険記録《ぼうけんのしょ》と呼べるものになっていた。

その手帳《ぼうけんのしょ》に、新たに岩狼《ロックウルフ》についての情報を纏めた頁が追加された。

ノードは手帳《ぼうけんのしょ》の岩狼《ロックウルフ》の頁を見て、何故岩狼《ロックウルフ》が昇格依頼《ランクアップクエスト》に指定されたかを理解した。

ノードは騎士として鍛えられてきた経歴から、冒険者としてある程度の場数を踏んだ今でもその戦闘スタイルを変えていない。鎧に全身を包み、敵の攻撃を防ぎ、剣で切り裂く——基本的《オーソドックス》な騎士としての戦い方であり、王道なだけに素直に強い戦法である。

特に、依頼をこなして得た報酬で追加購入した盾と、念願の鎖帷子《チェーンメイル》によって強化された防御力は、並みの魔物の攻撃では致命の一撃に至らないため、数に囲まれても余裕を持って対処できるほどだった。

徒党《パーティー》を組むときも、ノードは防御性能を活かして戦った。徒党《パーティー》の盾として敵の攻撃を受け止め、いなし、反撃した。石板級《プレート》冒険者の中では破格と言って良い防御力は、冒険を通して低脅威《レベルがひくい》の敵を完封することもままあった。

そんな戦い方をするノードだからこそ、岩狼《ロックウルフ》の厄介さが理解できた。

ノードが石板級《プレート》冒険者として請けた討伐依頼の中には、岩狼《ロックウルフ》と同じ狼系の魔物である森林狼《フォレストウルフ》の討伐依頼があった。

そのときに、ゴブリンたちのような数で押してくるしか能がない魔物とは異なる『連携のとれた』戦いというものを味わった。

群れで狩りをする狼系の魔物は、常に連携して攻撃を仕掛けてくるのだ。

ゴブリンは『数』を強みとし、森林狼《フォレストウルフ》は『連携』を強みとする。

そして、岩狼《ロックウルフ》には森林狼《フォレストウルフ》には無い更なる強みがあった——装甲である。

岩狼《ロックウルフ》は、灰色の狼に石の板を集めて作った鎧を着せたような外見をしているらしい。

その石の装甲板の正体は、岩狼《ロックウルフ》の体毛だ。岩狼《ロックウルフ》は年齢を重ねると、毛先が絡み合うように変化し、少しずつ少しずつ硬くなっていく。灰色の体毛による装甲は段々と厚みを増して、見た目も石のようになる。厚みを増すほどその装甲は濃い色を見せ、成熟した岩狼《ロックウルフ》の装甲は生半可な刃など通さないという。

装甲を身に纏い、連携して戦う魔物の脅威は如何ほどであろうか。

装甲を固めれば一方的に狩れる相手から、対等な敵との戦いになる。それが石板級冒険者《プレート》と玉石級冒険者《ストーン》との決定的な違いだった。

10　必要が求めるもの

昇格依頼《ランクアップクエスト》は、その時々で内容が変わる。常に丁度良い難易度の依頼があるとは限らないからだ。

自分と相性の悪い昇格依頼《ランクアップクエスト》を無理に請けるよりも、無理なく達成できる依頼を待つというのは、むしろ賢い選択であるとされる。

自分自身の力量を把握して過信しないのは、一つしかない生命を資本にしている冒険者としては美徳だからだ。（とはいえ度が過ぎれば臆病者《チキン》と嘲りの対象になるが）

ノードは昇格依頼《ランクアップクエスト》の受注を見送ることにした。

玉石級《ストーン》冒険者に昇格すれば、実入りは良くなるが無茶を嫌ったのだ。仮に死なずとも怪我を負えば復帰までの間の稼ぎは減る。

受注しなかった理由はそれだけではない。

岩狼《ロックウルフ》は昇格依頼《ランクアップクエスト》に認定されている討伐対象の魔物の中でも、手強い部類に入る。

勿論、それでもノードには戦って勝つ自信はあった。

石板級《プレート》冒険者になってからというものの、ノードは十分な経験を重ねた。

ゴブリン、森林狼《フォレストウルフ》討伐、大蛙《ジャイアントトード》に牙猪《ジャイアントボア》。飛行蜥蜴《フライングリザード》や大蜜蜂《ハニービー》、角兎《ホーンラビット》など様々な魔物を討伐した。

戦闘だけでなく採取依頼等も積極的に引き受けて依頼をこなしていったノードは大きく成長を遂げ、何度も強度上昇《レベルアップ》をしていた。

硬革の鎧《レザーアーマー》の下には鎖帷子《チェーンメイル》を着込み、強化された装甲は、敵の攻撃をそう易々とは貫通させない。

盾、鎧、剣。それぞれを巧みに操り戦うことができる今のノードであれば、岩狼《ロックウルフ》相手でも難なく勝利を収めるだろう。

――数が少なければ。

狼は群れで行動し、狩を行う。

一匹狼《はぐれオオカミ》という例外も存在はするが、それは特殊な事例《ケース》であり、まずもって決闘《タイマン》とはならないだろう。

上手く装甲の隙間を剣で突き、切り裂き、岩狼《ロックウルフ》の攻撃は盾と装甲を上手く使って防ぐ。一体、また一体と数を減らせば、その度にノードが有利になる。

三、四頭までは完勝出来る自信があるし、それ以上の数――十頭前後なら、苦戦しつつも、まあ勝てるだろう。

しかし、狼の群れは最低でも十頭を超え、時には百を超えることもあるという。

昇格依頼《ランクアップクエスト》には、『多数の岩狼《ロックウルフ》が確認されている』と書かれていた。

二十頭から三十頭はいると思って良い。

頭数の差はそのまま手数の差になる。周囲をぐるりと囲まれて仕舞えば、流石のノードも自分では背中は守れない。

死角から飛びかかってきた岩狼《ロックウルフ》に引き摺り倒され、強靱な顎で嚙み殺されて終わりだろう。

装甲を持たない森林狼《フォレストウルフ》ならいざ知らず、岩狼《ロックウルフ》を単独《ソロ》で攻略する自信は、ノードにはまだ無かった。

徒党《パーティー》で挑めば勝算は高まるが、生憎とそれは難しかった。

現在王都にいる石板級冒険者《プレート》で昇格依頼《ランクアップクエスト》の受注資格を満たしているのは、ノードだけだった。

何故かというと、少し前にタイミングが重なるようにして、複数の石板級冒険者《プレート》の徒党《パーティー》が同時に昇格依頼《ランクアップクエスト》を受注し、玉石級冒険者《ストーン》へと昇格したからだ。

彼らは示し合わせたわけではなく、本当に偶々、昇格依頼《ランクアップクエスト》を同じタイミングで請けただけだったのだが、そのせいで簡単な昇格依頼《ランクアップクエスト》が枯渇し、難易度の高い岩狼《ロックウルフ》の討伐だけが残っていたというわけだ。

ジニアスの徒党《パーティー》が現在王都にいないのも巡り合わせが悪かった。

薬草採取の依頼で、ゴブリンと戦っていたジニアスたちに助太刀したのが切っ掛けとなり、それ以降もノードとジニアス一行の親交は続いていた。

何度か臨時の助っ人としてジニアスの徒党《パーティー》に参加して依頼をこなしたこともあり、ジニアスの徒党《パーティー》とはそれなりに息のあった連携を取ることも出来る。

だが残念ながら、彼らは現在遠方の採取依頼を受けて王都を離れていた。彼らはゴブリンの大集団との戦いで、防具の重要性が骨身に染みたらしく、徒党《パーティー》のみんなの装備を揃えることを優先していた。その金策のための長期の採取依頼に出かけたばかりであるのだ。

ノードとジニアスたちの貢献度は、然程変わらなかったため、ジニアスたちもあと何回か依頼をこなせば昇格依頼《ランクアップクエスト》を受けるはずだった。

そのときに一緒に受ければいいだろう――ノードはそう考え、石板《プレート》級冒険者向けの依頼を受注することにした。

§

数日後。ノードはあることに頭を悩ませていた。

あることとは、件の昇格依頼《ランクアップクエスト》である岩狼《ロックウルフ》の討伐任務についてであった。

未だに新しく昇格依頼《ランクアップクエスト》に認定された依頼が出ておらず、現状では玉石《ストーン》級冒険者に昇格するにはこの討伐依頼を請けるしかない。

しかし単独《ソロ》では荷が重いその依頼を、ノードは受注せざるを得ない状況にあったのだ。

「金が足りない？」

岩狼《ロックウルフ》討伐任務の受注を見送った翌日。王都の一角――貴族の邸宅が並ぶ貴族街にあるフェリス騎士爵家邸宅で、ノードはその問題を知った。

冒険者として活動しながらも、ノードはフェリス家に引き続き住んでいた。一人暮らしをすれば余計に金がかかるからだ。

装備一式が用意出来たことで、ノードには当面大きな出費の予定が無くなったため、現在では冒険者としての稼ぎの大半をフェリス家へ家計の足しとして渡している。

何時ものように冒険者ギルドで依頼をこなし、達成報酬を受け取ったノードは、その稼ぎを酒場で浪費することもなくそのまま家路についた。フェリス家の歴史を感じさせる門扉を潜り抜け、屋敷の中に入る。質実剛健な趣の調度品が飾った内装が、ノードを出迎えた。

ノードの部屋は屋敷の二階にある。鎧を脱いで武具の手入れをするべく、歴史を感じさせる木製の階段を登ろうとしたとき、執事服に身を包んだ初老の男性——家令のアレクに声を掛けられた。

何でも相談があるとのことで、ノードは自室に戻り鎧姿から普段着に着替えると、武具の手入れは夜やることにしてアレクの元へ向かった。そこでは、アレクは机に向かって帳簿の整理をしていた。

アレクは長年、それこそノードが生まれる前からフェリス家に仕えており、家令としてフェリス家を差配していた。使用人への給料の支給から日用品の買い付け、その他買掛金の精算など、金銭にまつわることは全て家令であるアレクに一任されているのだ。

ノードが声を掛けると、アレクは帳簿と睨めっこをしていた頭を上げてノードに向き直った。

そして居住まいを正し、深刻な声色で語り始めた。

「ノード様も御存知だとは思いますが、改めて説明いたしますと、現在フェリス家の家計は火の車となっております」

そしてその理由の説明が続いた。

一言で表すのならば、それは単純に収入に対しての支出が大き過ぎるということに尽きた。

フェリス家は家長であるアルバートと母のマリア、そしてメイドたちの仲が良く――というより良過ぎて――ここ数年でポコポコと弟妹が産まれていった。彼らはまだ幼く、身体も小さいので大人に比べれば食費はかからない。しかし六歳以下の弟妹だけで〝七人〟もいれば、塵も積もれば何とやらで、やはりかなりの家計の負担となる。

それに加えて、妹である次女のリリアの学費があった。リリアは弟妹の世話をよくしている、兄であるノードから見てもよくできた妹であったが、その年齢は今年で十三歳。これはハミル王国では王国にある学び舎――貴族学院に通い始める年齢だった。これは、同世代の貴族の子女を集めた学び舎であり、姉のハンナや母のマリアも同じく通っていた。

ノードが冒険者になると決めたのは、自分が軍学校に入学するとなると、貴族学院に通うリリアの学費と合わせて、倍の支出にフェリス家の家計では耐えられないという事実にあった。

しかし。

「それでも現在では、アルビレオ様からいただくお給金やヨハン様からのお仕送り、ハンナ様のお助け、そして他ならぬノード様のお陰で、なんとか一息つくことが出来ております」

確かにフェリス家は子沢山ではあるが、上の子供は成人を迎え、既に自立をしている。

長兄のアルビレオこそ、フェリス家の次代の後継者としてフェリス家邸宅で暮らしているものの、既に軍学校を卒業し、現在では騎士として働いている。次兄のヨハンは遠縁の貴族家であるオブリエール家へと婿入りして、オブリエール家の新米領主として領地を治める傍ら、仕送りまでしてくれている。長女のハンナも他の貴族家でメイドとして働きながら、せっせと内職の刺繍で稼いだお金をフェリス家へ入れてくれているのだ。

そして、今年からはノードが冒険者となり、少額ではあるが依頼報酬を家計に入れ始めた。

これによってフェリス家の家計は、久方ぶりに赤字を脱出することが出来ていた。

また、それには使用人たち——他ならぬアレクを含む——の献身もあった。彼らは本来なら与えられるべき報酬よりも、一段低い給与で変わらずにフェリス家のために働いてくれていた。そのため、フェリス家の人々は内心彼らに頭が上がらなかった。

「——ただ、どうしても来月中旬にはまとまった額のお金が必要でして……」

力及ばず申し訳ない、という感じでアレクが説明を続けた。

これまでフェリス家は足りない分の家計の支出を、借金という形で賄ってきた。貴族が借金するというのは風聞が良くないが、実際にはままあることだった。ただ、そういった一般的な事例《ケース》の借金は、例えば領地を持つ貴族であれば収穫の時期に一気に返済だとか、返済の目処が立って行っているものだ。

しかしフェリス家はそうではない。貴族としての収入は貴族年金（俸録）と役務手当の二つのみ。家の財産も先祖代々受け継いできた屋敷のみであり、領地だの権益だのという裕福《ブルジョワ》な話とは縁が無い下級貴族だった。

よって、そんな返済の目処もない家に金を貸してくれたのは、親戚のほかにはフェリス騎士爵家当主であるアルバートの友人の方々くらいであった。それらの借金はいまだに借りたままであり、返済できていない。

そんな状態のフェリス家であるから、来月に必ず精算しなければならない支払い等のために、まとまった金額が必要になったとき、不足している金額を何処からか借りようとしても貸し手がいなかった。

最後の手段として、質流れ覚悟で家にあるものを質草に入れる手もあるが、悲しいことにその〝最後の手段〟はこれまでに何度も行使されていた。（フェリス家の内装が【質実剛健】であるのはこれが理由だった）

これ以上質草に入れられるものといったら、それこそ剣や鎧ぐらいしか無いが、それをしてしまえば武家としてのフェリス家は終わりだった。これは貴族としての見栄などではなかった。

フェリス家は下級貴族でありながら、王都の一等地に居を構えることが許されている。これはフェリス家が王国に代々仕え続けている直臣――特に武家とよばれる騎士の家系――だからであり、武家の邸宅区画は、王国の施設などを除けば、もっとも王城に近い場所の一画にあった。

大臣や参議といった王国の政治を動かす高位の法衣貴族や、伯爵や侯爵といった地方の大貴族が王都に構える屋敷ですら、武家の屋敷に比べれば、王城からは遠い位置にある。

『王城にどれほど邸宅が近いかで、その家の格がわかる』といわれる貴族社会にあって、これは途《と》轍《てつ》もない名誉であり、待遇だった。

そしてそれは、歴代の国王たちが、いざというときに頼れるのは、王家の直轄戦力であると期待しているからであった。

当然、その武家の一員であるフェリス家が、剣や鎧無しに戦力として満足な働きができるわけがない。戦で武運拙く戦死するのですらなく、そもそも戦いに駆け付けることすらできないのだ。

フェリス家が御取り潰しに遭うのは火を見るよりも明らかだった。

最後の手段をも超えた、最期の手段もあるにはあった。しかし、それらは高利貸しに借りる、あるいは評判の悪い高位貴族に借金をするなど、その〝末路〟が容易に分かる手段である。

そんな最終手段を避けるには、他家に婿入りし、領主となった次兄ヨハンに金の無心をするしかないのだが、ヨハンはヨハンで、すんなりと金を融通できない事情があった。

次兄のヨハンはフェリス家の子弟であるが、同時に、既にオブリエール家という他家に婿入りした人間である。ヨハンには婿入りしたオブリエール家の一員——それも当主——として相応しい行動が求められる。返ってくる当てのない借金を次から次へと無条件で引き受けるような、領主としての無定見をさせられなかった。

　領主としての適性なしと見限られれば、良くて実権を取り上げられた上でお飾り当主にさせられ、悪ければ離縁されて突っ返されるだろう――勿論借金も認められず。

　他には使用人の給料を未払いにする。土下座行脚して近隣住民に借金を申し込む。あるいはフェリス家が衛兵であることを利用して物資の横流しや賄賂を要求する。などなど、どれもこれもろくでも無い、貴族としての誇りを泥に塗れさせる手段しかなかった。これまでは。

　今は違った。石板級《プレート》冒険者ではあるが、冒険者として稼いでいるノードがいるからだ。

　冒険者は安定している立場ではないが、命を対価に仕事を請け負う以上、そこには高額な報酬が伴う。それこそ、騎士たちが使う本格的な鎧とは比べものにならない安物とはいえ、新米のノードが鎧一式を短期間で揃えることが可能なくらいだ。（当主であるアルバートが使っている先祖伝来の全身金属鎧《フルプレートアーマー》など目玉が飛び出るほどの価値がある）

　故に、アレクから聞かされた金額――それなりに大金だった――を聞いても、ノードは『無理をすれば』稼げなくはないな、と感じた。

　ノードはアレクに対して、「何とかしてみる」と返した。

　アレクはその返答に安心したのか、ホッとしたようにため息をついた後、ハンカチで皺が深く刻まれた額を拭った。

ノードは、アレクがフェリス家を敬い、そしてノードたちフェリス家の子供たちを、自分の子供のように――或いはそれ以上に大切に思ってくれているのを知っている。

だからこそ、そのアレクがノードに金銭を無心してきたこの一件は、本当にフェリス家が追い詰められているのだと、ノードはその事実を重く受け止めた。

提示された金額は、石板級《プレート》冒険者のままで稼ぐには厳しい金額だった。時間をかければ問題ないが、それだと支払い期限には間に合わない。

しかし、タイミングが良いのか悪いのかノードにはより稼ぐ方法が目の前に用意されていた。

「うーん」

その方法は、『岩狼《ロックウルフ》を倒して玉石級《ストーン》冒険者に昇格し、その後玉石級《ストーン》冒険者向けの依頼を請けまくる』というものだった。

「――やっぱり無理だよなあ」

ノードは冒険者の酒場で、いい方法が無いかと、うんうんと唸り続けた。

11　仲間

「ねえ、貴方。さっきから何を唸ってるの？」

冒険者ギルドの酒場。その備え付けの木机《テーブル》に陣取り、ずっと依頼書を眺めているノードに対して声を掛けてきた者がいた。

声に反応してノードが振り返ると、そこには一人の少女がいた。美しい少女だった。胸元まで伸びた深紅の髪は波うっており、その下から覗く勝ち気な印象を与える形をした目が特徴的だった。

彼女は穂先に布を巻いた槍を担いでおり、要所にのみ装甲がある造りの革の軽鎧を身に着けて、追加で曲線を帯びた金属製の胸当てを上から重ねていた。

今の時刻は朝と昼の丁度中間くらいで、既に冒険者の多くは依頼へと出掛けている。この時間帯のギルドは静かなもので、酒場にはノードの他には、自主休養して昼間から酒を飲んでいる髭面の冒険者が一人いるくらいだった。

その冒険者は、騒ぐでもなくツマミを手にちびちびと一人酒をして寡黙に酔っているだけなので、ノードが無意識かつ終わりなく繰り返していたうなり声が気になったらしい。

「ん？　ああ、済まないな。ちょっと悩んでいてね」

小一時間、ノードは木机に向かって悩み続けていた。

昨日、アレクからお願いされた家のための金策として、玉石《ストーン》級冒険者への昇格はもはや必須路線だった。念のため本日もギルドで新規の昇格依頼《ランクアップクエスト》が認定されてないか聞いてみたが、残念なことに新規に追加された依頼はなかった。

故にノードは岩狼《ロックウルフ》討伐を請けざるを得ないのだが、ではどうやってその依頼を達成すればよいか、と知恵を振り絞っていたのだ。

しかし、ノードには、どうしても単独《ソロ》では岩狼《ロックウルフ》の群れを撃破できる展開が見えずにいた。上手く行きそうな方法を考えては、自分でその案の欠点にダメ出しをして、その度に「うーん」と唸っていたのである。

「悩みって？」

槍使いの少女はノードに問いかけながら、空いているノードの隣の席へ腰を下ろした。視界の邪魔にならない程度に伸ばした深紅の前髪の奥からは、好奇心に満ちた瞳を覗かせていた。

冒険者には色々な性格《タイプ》の者がいるが、彼女は好奇心旺盛で首を突っ込みたがる性格《タイプ》のようだった。

遠慮なしにノードの隣の席へ座り込み、勝手に聞く気満々といった態度だ。

――まあ、気分転換くらいにはなるだろう。

ノードはフェリス家の〝事情〟は伏せた上で来月辺りまでに金を用意しなければならないこと。

そのためには玉石級冒険者《ストーン》に昇格したいが、現在は昇格依頼《ランクアップクエスト》には岩狼《ロックウルフ》の討伐依頼しかなく、しかも昇格依頼《ランクアップクエスト》を受注する資格を満たしているのが自分しかいないこと。そのために単独《ソロ》で岩狼《ロックウルフ》討伐の方法を考えていたが、どれも上手く行きそうにないことなど、悩んでいた内容を正直に話した。

フェリス家の〝醜聞〟を除けば、隠すことでもないからだ。

また、彼女が悪い人間に見えなかったのも関係しているだろう。勿論見た目で人を判断するのは危険だが、それを念頭に置いてもノードは彼女に対して警戒を抱く気が起きなかった。

「ふーん。なる程大変なのね……。で、その岩狼《ロックウルフ》ってどんな魔物なの？　それにその考えた案ってどんなの？」

面白くもないだろうノードの語る内容に、彼女はどうしてか話に興味を深め、続きを催促した。

岩狼《ロックウルフ》の情報はノードが酒場で対価《酒》を支払って手に入れたものである。それを無償で教えるのはいかがしたものか――一瞬だけノードはそう考えたが、特に誤魔化すでもなく彼女に気前よく教えた。

もしかしたら、彼女からノードには無い発想の答えが出てくるかもしれないと考えたからだ。

とはいえそれは、もしそうなら物怪《もっけ》の幸いというやつであり、余り期待はしていなかったが。

ノードの話を聞いた深紅の髪をした槍使いの少女からは、残念ながら岩狼《ロックウルフ》を倒す画期的な戦法の着想《アイデア》などは出てこなかった。

「……ねえ。貴方、名前は？」

彼女は軽く握った拳を唇と顎の辺りにくっつけると、柳眉を軽くしかめた。どうやらその仕草は、彼女が考え込むときの仕草らしかった。

「そう言えばまだ名乗ってなかったな。これは失敬。ノードだ、ノード＝フェリス。よろしく」

ノードが名前を名乗ると、槍使いの少女はコクリ、と大きく一つ頷いて、彼女の名前を名乗り返した。

「私はエルザ。エルザ＝クロニクルよ」

どちらからともなく差し出した手を軽く握り、握手を交わす。

「それでね、ノード」

エルザは手を握りながら、言葉を続けた。

「貴方、私と徒党《パーティー》を組まない？」

エルザの燃えるような朱色の瞳が、真っ直ぐにノードを見つめていた。

ノードとエルザの手は、まだしっかりと握り合ったままだった。

§

予想にたがわず、エルザの口からは、画期的な戦法の着想《アイデア》は出て来なかった。だが、代わりに別の解決策をエルザは提示してきた。

それは実に単純で、かつ有効。つまり、一緒に昇格試験を受けるというものである。

エルザはノードと同じ石板級《プレート》冒険者だったが、あと少し貢献度を貯めれば、昇格依頼《ランクアップクエスト》を受注できるようになるのだという。

エルザが先程ノードの話に興味を持ったのは、自分も間もなく挑むであろう昇格依頼《ランクアップクエスト》の情報に食い付いていたからのようだった。

そしてノードの話──現在は岩狼《ロックウルフ》の依頼しか昇格依頼《ランクアップクエスト》に認定された依頼がなく、追加も何時になるかは未定、そして昇格依頼《ランクアップクエスト》に挑める冒険者も現状ノードしかいない──ということで、こう提案してきたのだ。

「私もあと一つか二つ依頼を達成すれば、昇格依頼《ランクアップクエスト》を請けられるようになるわ。貴方と私が徒党《パーティー》を組めば、その依頼も早く達成できるでしょう。そうしたら、岩狼《ロックウルフ》に徒党《パーティー》で挑戦できるわよ」

ノードはエルザの提案に『利』があると感じた。

単独《ソロ》で戦うということの最大の難点《デメリット》は、背中から攻撃されてしまうということだ。

人間は前方に目が付いているため、どうしても視界は前方と左右──意識しても180度が限界だ。視界の外にいる敵でも、例えば聴覚を利用して気配を察知することで、敵の位置や攻撃の兆候を感知するということは可能だが、それはあくまでも補助的なものに過ぎない。一瞬の察知の遅れや判断のミス。それが命取りになりかねない戦闘で、頼りになるのはやはり視界からの情報だ。

戦闘経験を積み、強度上昇《レベルアップ》した冒険者であるノードには、動きの〝起こり〟を僅かな筋肉の動きから察知することが出来る。

だがそれも『いつ後ろから襲われるか分からない』と不安のある状況で集中力を欠いていては、精度が落ちる。

故にノードは単独《ソロ》で戦うときは、常に背後から奇襲を受けないように背後を障害物——例えば太い木の幹や大きな岩——で守るようにして、攻撃される可能性のある方向を限定するような立ち回りを意識して戦っていた。

しかし、それでも所詮は一人であり、徒党《パーティー》の利点《メリット》には遠く及ばない。

連携の取れた徒党《パーティー》での戦闘は背中を守って貰えるだけでなく、避けられない攻撃を割込防御《インターセプト》して防いだり、同じ対象を攻撃することで殲滅《せんめつ》速度を高めたりできる。二人でも、単独《ソロ》に比べれば手数は倍なのだ。戦い易いに決まっている。

それに何よりも大事なのは、戦えない状況——麻痺、毒、昏睡、そして瀕死——に陥っても徒党《パーティー》の仲間が無事ならば、助けて貰える可能性があることだ。

岩狼《ロックウルフ》は単独《ソロ》では撃破することは難しくとも、徒党《パーティー》でなら可能性は十分にあった。

ノードはエルザの提案を受け入れることに決めた。

§

「お互いの実力を知るには、実戦が一番よね」とエルザは早速手ごろな依頼を受注しようと提案してきた。内容は大蛙《ジャイアントトード》の討伐。それを確認したノードは即座に了承した。

大蛙《ジャイアントトード》は王国各地に生息する魔物だ。体長は牛ほどもあり、春先から夏頃にかけて大量繁殖する。雑食性である上に繁殖力が強いため、時には人里にまで被害をもたらす。農作物を荒らすだけでなく、ヤギや子羊程度の大きさならば、一飲みにしてしまうため家畜の被害も多い。城壁に守られていない農村などでは、子供が襲われる危険もあるために冒険者への討伐依頼が多い魔物だった。

長い舌を使っての鞭のような独特な軌道での攻撃と、ヌメヌメとした粘液によって滑りやすくなった体皮による防御。この二つの特徴が大蛙《ジャイアントトード》の持ち味であり、ノードが初めて戦った時は、他の冒険者ともども、手間取った覚えがあった。石板級《プレート》冒険者が戦う魔物としては、森林狼《フォレストウルフ》と並んで難易度が高い相手であり、エルザの実力を見るにはちょうどいいと思えた。

依頼先は、王都から馬車で一日ほど移動した場所にある村だった。水源として利用している小さな泉とその周辺に、大蛙《ジャイアントトード》が棲み着いてしまい、大量繁殖してしまったのだという。

その泉の近くに早速移動すると、大蛙《ジャイアントトード》の群れはすぐに見つかった。小さな泉にひしめき合い、ゲロゲロと大合唱を繰り広げている。

「ひい、ふう、みい……二十以上いるな」

「ねえ、ちょっといいかしら」

「どうかしたか」

その大蛙《ジャイアントトード》の群れを前にして、エルザがノードに声を掛けてきた。

「提案があるのだけれど、まずは先に戦わせてくれないかしら」

「先に？」

「ええ、徒党《パーティー》を組むっていう提案は、私からしたじゃない？　だから、まずは私から実力を示そうと思うの」

「それは構わないが……大蛙《ジャイアントトード》と戦ったことはあるのか？」

「無いわ」

そしてエルザはさらに言葉をつづけた。

「でも大丈夫よ、だって私は強いもの」

きっぱりと、一分の疑いすら存在しないと思わせる表情で、そう断言したエルザは、疾風のように大蛙《ジャイアントトード》の群れへと駆けていった。

そして、

「……凄いな」

ノードはぽつり、と言葉をこぼした。素直に、心の底からエルザの実力を認めての言葉だった。

視界の中で、エルザは躍っていた。

深紅の髪をなびかせて動き回り、槍を振るい、薙ぎ、突き、切り裂き、次々と大蛙《ジャイアントトード》を倒していった。跳ねるように、飛ぶように動くエルザの戦いは、まるで踊っているかのようだった。

ノードの戦いは守りが主体である。敵の攻撃を受け、逸らし、隙を見つけて攻撃する。

全身をガッチリと装甲で固め、中には鎖帷子《チェーンメイル》を着込み、追加で盾も装備する。騎士としての戦い方を、幼少期から手解きされてきたノードには親しみ深く、そして最も強いと思える戦法だ。

しかし、当然ながら、その堅牢さの犠牲として速度は遅くなる。ノードとて、鎧を着たままでも素早く動き回ることは出来るが、やはり鈍重な動きとならざるを得なかった。

だが、目の前で繰り広げられるエルザの動きは、その対極だった。

今まで見たことのある軽装の戦士の『素早い動き』が亀の動きにすら思えた。

火が燃えうつるようだ、とノードは思った。

止まる気配を見せないエルザの怒濤の攻勢は、水辺にいるはずの大蛙《ジャイアントトード》たちを次々と燃やし尽くしていった。

「あら、ごめんなさい。わたしが全部倒しちゃったわ」

パシャリ、と水辺に水飛沫をたてて、ようやく動きを止めたエルザは、こともなげにそう言った。

そしてまた、こう言葉をつづけたのである。

「ね？　わたし強かったでしょ？」

大蛙《ジャイアントトード》の死体の山と、流血に染まる泉の只中にそびえ立つエルザの姿は、凄惨な光景であるはずであるのに、とても美しく見えた。

その後、ノードはエルザと正式に徒党《パーティー》を組むことに決めた。幸いにも、周辺にはまだ何匹か大蛙《ジャイアントトード》が残っており、それをノードが倒すことで、お互いの実力を知ることが出来たからである。

二人が徒党を組んで、次に受けた依頼は森林狼《フォレストウルフ》の討伐だった。

岩狼《ロックウルフ》討伐の良い予行練習になる。そう考えて受注したその依頼で、ノードとエルザは長年コンビを組んでいるかのような息のあった連携を見せ、森林狼《フォレストウルフ》の群れをいともあっさりと殲滅した。

12　討伐！　岩狼《ロックウルフ》

依頼に書かれている討伐場所は、王国東部の山岳地帯だった。

王都を出て、馬車で都合四日かけて到着したその場所は、一言でいえば『灰色』の世界だった。

剝き出しになった岩がごろごろとそこら中に転がっており、遠くには湯気のようなものが立ち上っている。山という言葉を聞いてノードが想像する深緑の山とはまるで別物だった。

「こんなところに棲み着くなんて……一体何を食べて生きているのかしら」

ノードに続き、馬車を降りたエルザが周囲の風景を見てそんな感想を呟く。

「ここは棲みかであって、狩りは山の麓《ふもと》に降りて行うらしい」

山をざっと見て目につく緑といえば、背丈の低い草木が所々にポツンと生えているくらいで、エルザの言う通り獲物らしい獲物の気配は存在しない。いたとしても、小さな野ネズミくらいだろう。

ノードがエルザの疑問に答えられたのは、ひとえに冒険者たちから得た情報によるものだった。

山の頂上付近に棲む岩狼《ロックウルフ》たちは、敢えて不便な場所で暮らすことにより、天敵からの被害を減らす生存戦略をとっている――したり顔で講釈してくれた冒険者の顔を思い出しながら、ノードはエルザにそう答えた。

「なるほどね……よいっ……しょ！　よし、これで最後ね？」

気合いの入った声と共に、エルザが最後の荷物を馬車から降ろした。

冒険者ギルドで手配して貰った馬車は、直ぐに次の目的地へと移動してしまう。完全に貸し切ってしまえば、ずっと馬車に荷物を置いておけるのだが、残念ながら駆け出しに毛が生えただけのノードたちには、そんな資金はなかった。

乗ってきた馬車の姿が、ガラガラと車輪の音と共に小さくなっていく。帰りの馬車は、あらかじめ伝えている日程にやってくる。それまでに討伐依頼を終わらせる必要があった。

「じゃ……やりますか！」

ノードと二人で、大量の荷物を降ろし終えたエルザが気合いを入れるように声を上げ、槍の石突きを地面に突き立てた。合わせるように一陣の風が通り抜け、エルザの朱い髪を揺らした。

§

岩狼《ロックウルフ》と森林狼《フォレストウルフ》の大きな違いは二つある。

一つ目は岩狼《ロックウルフ》の持つ装甲である。

体毛が変化した硬い装甲状の毛皮は、森林狼《フォレストウルフ》の普通の狼の身体と比べて、大きく防御力が異なる。

二つ目は狩りの形態である。

岩狼《ロックウルフ》はその棲みかを山岳地帯の標高の高い場所に構える。その場所は天敵の数こそ少ないものの、逆に食糧の確保には向いていない。故に彼らは主に麓まで降りて食糧を集め、再び山の上まで戻るといった生活をする。

そのため、彼ら岩狼《ロックウルフ》の狩りの効率は、他の狼系魔物と比べて悪くなるが、岩狼《ロックウルフ》はそれを補うために、狩りのために形成した小規模の群れ――小隊を幾つも作り分散して狩りを行うという形態をとっていた。

小隊の規模は五頭前後で形成されることが多く、森林狼《フォレストウルフ》が十頭以上で（というよりも群れ全体で）狩りをするのに比べると、数が少ないことが分かる。

しかし、小規模の群れでも、岩狼《ロックウルフ》は装甲による防御力を活かした狩りを行うので、狩りの成功率はむしろ森林狼《フォレストウルフ》よりも高いという。

それゆえ、岩狼《ロックウルフ》は森林狼《フォレストウルフ》よりも強力な魔物として冒険者ギルドに認定されているのだが。

「――フッ！」

気合いと共に繰り出された槍の刺突が、岩狼《ロックウルフ》の身体を襲う。岩狼《ロックウルフ》の装甲の隙間を縫うように繰り出されたその一撃は、過《あやま》たず岩狼《ロックウルフ》の体内へと侵入、筋肉を切り裂きながら、やがて心臓を貫いた。

ズルッ、と音を立てるように槍が引き抜かれると、先程の一撃で絶命した狼は、地面にその軀《むくろ》を倒れ臥させた。

既に辺りには、ノードが仕留めた岩狼《ロックウルフ》の死骸も合わせて五つの軀が晒されていた。

「……増援の気配は無いな」

「よし、じゃあ剝ぎ取りましょうか」

ノードとエルザ、その両名が油断なく武器を構えながら、周囲の様子を索敵。後ろに他の敵がいないことを確認すると、武器を仕舞いながら、互いに声を掛け合った。

（……これ程までに容易いとは）

ノードはそう考えながら、何度目かになる剝ぎ取りに取りかかった。

ノードが岩狼《ロックウルフ》と単独《ソロ》で戦うことを想定したとき、最も警戒したのは『増援』である。

岩狼《ロックウルフ》は小規模の群れで狩りを行うが、もし強敵と出会った場合は装甲を活かした遅延戦闘に務めるという習性がある。小隊の仲間が敵を引き付けている間に、群れの一頭が遠吠えで増援を要請。しかる後に、近隣の岩狼《ロックウルフ》が集結して群れの全力でその敵を倒す《狩る》のだ。

その為、岩狼《ロックウルフ》との戦闘に於いて最も腐心しなければならないことは、敵の増援を呼ばせないことである。

しかしながら、単独《ソロ》で岩狼《ロックウルフ》に挑んだ場合、たとえ小隊の構成が五頭だとしても、どうしても殲滅に時間がかかる。時間をかけてしまえば、増援の岩狼《ロックウルフ》が付近から集結して、数の暴力に晒されることとなる。

それがノードが岩狼《ロックウルフ》を単独《ソロ》で倒せないと判断した理由であった。

だが、それがどうだ。

たった一人、エルザが加入しただけで、ノードはいとも容易く岩狼《ロックウルフ》の殲滅に成功していた。

勿論、闇雲に戦ったわけではない。

奇襲するために、風下の位置取りを心がける。

防御に優れたノードが敢えて囮になり、岩狼《ロックウルフ》の小隊を引き付ける。戦闘が開始され、ノードが相手取る間に機動力に優れたエルザが後方から奇襲。タイミングを合わせることで、ノードが一体目を討ち取るのと同時に後方の岩狼《ロックウルフ》を倒すのである。

増援を要請する個体――小隊長と呼ばれる――は、敵から距離をとってから遠吠えをする習性がある。

故にその個体をエルザが討ち取り、他の岩狼《ロックウルフ》が動揺したところで、さらに畳み掛けるのだ。

他にも、奇襲に失敗したときに備えて用意した催涙作用のある植物の粉末を混ぜた粉塵を用意したりと、ノードが集めた情報を上手く利用した戦法あっての戦果であったが、事前の予想よりも遥かに楽に討伐が進んでいることにノードは驚きを隠せなかった。

ノードはいとも簡単に殲滅した岩狼《ロックウルフ》の身体に、解体用のナイフを差し込む。

首元の装甲の薄い部分から、器用にナイフを操り毛皮に切れ目を入れていく。仕上げに、腹の中央を縦に切り裂けば、後は岩狼《ロックウルフ》の毛皮は綺麗に剝ぐことが出来た。

丁度同じように、別の岩狼《ロックウルフ》の毛皮を剝ぎ終えたエルザが最後の一体の解体にかかる。

手持ち無沙汰になったノードは周辺の警戒をしながらも、そのエルザの手際の良さを見ていた。

エルザは優秀な冒険者だった。

ノードと年齢は然程変わらず、冒険者として登録したのも同じくらいである。

しかし、彼女は騎士を目指していたノードの剣にも引けを取らない槍の腕、機動力を活かした俊敏な立ち回りなど、以前に徒党《パーティー》を組んだこともあるジニアスたちよりも腕がたった。

今しがたの岩狼《ロックウルフ》の戦闘でも見せたエルザの槍の技量は、尋常な物ではなかった。

岩狼《ロックウルフ》の装甲は、分厚い。若輩の個体ならば、装甲の面積が少ないために、合間を縫って攻撃することも難しくはない。

しかし、小隊長を務める個体は群れの中でも年齢を重ねた強力な岩狼《ロックウルフ》であり、その装甲は厚く隙間は少ない。

正直、ノードはその隙間を狙う自信は無かった。自分であれば、隙間を狙うのではなく、攻撃を受け止めて動きを止めたところで装甲の無い部分を狙うだろう。

エルザは違った。

彼女は戦闘中の動く岩狼《ロックウルフ》の装甲の隙間を狙って、急所を狙って槍で攻め立てる。その狙いは――これ迄の三度の戦闘で、外れたことは無かった。

――才能の違いか。

もしノードがエルザと打ち合えば、おそらく三合もてば良い方だ。ノードは自分とエルザとの才能の差をそう分析していた。

しかし、ノードの心には嫉妬の感情は不思議と無かった。

それよりも、運良く彼女と組めた自分の幸運に感謝するほどだった。

ノードは戦闘後にこんなことを考えている自分につい笑ってしまった。丁度、エルザが最後の岩狼《ロックウルフ》の毛皮を剝ぎ終えたところだった。

§

初日の討伐は、エルザの活躍もあり順調過ぎるほどに終わった。

思わず気の抜けそうになったノードは、気合いを入れ直して翌日以降の討伐に臨んだが、やはりエルザとの徒党《パーティー》での連携は、有効に機能し続けた。

「こんなことなら、あんな大荷物いらなかったかな？」

エルザが溢した冗談混じりのその台詞に、思わず同意したくなるほどだった。

予想よりも岩狼《ロックウルフ》の数こそ多かったものの、順調に討伐は進む。エルザの腕が良いため、岩狼《ロックウルフ》から剝ぎ取れる毛皮は状態が良いものが多かった。

岩狼《ロックウルフ》の毛皮は、防具の素材として需要があるため高額ではないものの臨時収入が望めるので、ノードとしてはこの調子であれば、期限に余裕を持ってアレクに支払い代金を渡せそうだとホクホク顔であった。

しかし、その余裕は、直ぐに崩されることになった。

討伐を始めてから五日目のことである。

ノードたちは岩狼《ロックウルフ》と再び戦闘を繰り広げていた。

初日こそ三度の遭遇があったものの、その翌日の二日目と三日目には一度戦闘を行い、四日目は遠目に小規模の群れを見つけたものの、一度も戦闘が無かった。

とはいえ、これで累計二十五頭の岩狼《ロックウルフ》を討伐を完了させていたのだ。依頼で報告されていた数よりりも多かったが、段々と遭遇しなくなっていたため、あと二、三日もすれば討伐が完了するだろう。

そんなことをエルザと野営地で話し合っていたのだ。

——それがどうだ！

ノードとエルザは、互いに背を預けるようにして岩狼《ロックウルフ》との戦いを繰り広げていた。

既にノードたちは、三十を超える岩狼《ロックウルフ》の群れに襲われていた。

何頭かは倒し、その岩狼《ロックウルフ》の軀が岩肌に溶け込むように倒れ臥していたが、数は一向に減らなかった。

「クソッ！」

襲いかかって来た一頭の岩狼《ロックウルフ》を剣で切り払う。しかし浅い。ノードが振るった剣先は、それを見て飛び退いた岩狼《ロックウルフ》の装甲を引っ掻くだけに終わり、ダメージらしいダメージを与えられなかった。

逆に、その隙を見て反対側にいた岩狼《ロックウルフ》がノードに飛びかかる。

その攻撃を予測していたノードは、利き手とは反対側の腕部に装着した盾を使い、殴るようにしてその岩狼《ロックウルフ》の体勢を崩す。

上手く装甲のない箇所が露出する格好になったため、そこに戻していた剣を一閃。さらに一頭を撃破。

その際、チラリと視界の端で、エルザの様子を窺えた。

彼女は槍を上手く使い、攻防一体の戦闘でさらに戦果を追加しているようだった。

しかし、

「この場所は不味い！　包囲されちゃう!!」

エルザがノードに向かってそう叫んだ。

ノードたちは、完全に誘い出されていた。

岩狼《ロックウルフ》の残党だと思っていた数頭で構成された小隊を追い、拓けた岩場に出たノードたちだったが、それは罠だった。

巧妙に岩陰に潜んでいた岩狼《ロックウルフ》の大規模な群れに、釣られてしまったのだ。

(油断したッ!!)

依頼書に書かれていた岩狼《ロックウルフ》の予想の数を討伐していたことで、端からもうほとんど残っていないと決めつけていたツケがやってきていた。

これ程までに大規模な群れだとは知らなかった――とは言え。

可能性はあった。過去にはそうした、事前情報と大きく異なる討伐対象だった事例《ケース》や報告に無かった大規模な群れに遭遇したこと等、多くある。

それはノードも先輩冒険者たちから聞き出していた筈なのだ。

誘い出された場所は、岩山の中腹に拓けた空間だった。

大きな一枚岩の上であり、麓に向かっては崖のようになっているが、その左右両側からその空間へと続く道がある。その片側の道を登り終える途中、空間の出入口の辺りに、ノードたちはいた。

幸い、エルザが早めに潜んでいた狼の気配に気付いたお陰で、完全に包囲されていなかったが、包囲されるのは時間の問題だった。

「よし……エルザッ！　アレを使うぞ、走れるか!?」

「ええ、行けるわ……！」

ノードたちは、岩狼《ロックウルフ》から逃走を試みた。

まずエルザが通路にいる個体を倒し、突破口を開く。それに合わせてノードが、隙を見せたエルザを襲おうとする個体をインターセプトし、地面に叩き付けた。

「よし……行け！」

岩山を、駆け下りる。

岩狼《ロックウルフ》に襲われながら、時には剣で薙ぎ払い、時には槍で突き刺し、時には盾で殴り、時には石突きでかち上げた。

まとわりつくように追走し、襲いくる岩狼《ロックウルフ》の追撃を何とか躱《かわ》しながら、ノードたちは走った。

しかし、狼と人間の脚では、後者が追い付かれるのは自明の理である。特に、ノードは重装備であり、エルザに比べてその脚は遅かった。

故に、

「ぐっ……はっ！」

ドシャ、と音を立ててノードが地に倒れた。斜面を勢い良くゴロゴロと転がり、身体を打ち付ける。

鎧によって衝撃は多少吸収されるが、鎧と体重を合わせた威力は中々の物だ。

肺腑の空気が口から漏れ、痛みが身体を襲う。

「ノード!?」

下手人は当然ながら岩狼《ロックウルフ》だ。

ノードの肩に噛みつくように飛びかかったその個体は、ノードの体勢を崩すことに成功したのだ。

エルザのアシストによって、倒れたノードに襲いかかろうとしていた岩狼《ロックウルフ》の追撃は妨げられた。

「くっ……すまん」

痛みをこらえ、悪態をつきながらノードは再び立ち上がる。

ノードが転倒した隙に、岩狼《ロックウルフ》の群れはノードたちに追い付いた。彼らは獰猛な威嚇の声を上げ、まるで「手間を掛けさせやがって」と言わんばかりだった。

慣れない岩山を走り、体力を消耗したノードたちに比べて、岩狼《ロックウルフ》たちは岩山を駆け下りたことを全く苦にしていないようだった。自分たちの庭を駆け回るのはお手の物なのだろう。

「だか、ようやく…………ッ!?」

「ノードッ!!」

再び、ダンスを踊る男女のように背中を庇い合うようにしてノードとエルザは陣形を組んだ。そのとき、エルザの声色に警告の色が宿った。

エルザの注意を受けてそちらに目をやると、岩狼《ロックウルフ》の群れを割るようにして、一頭の大きな狼が現れた。

その個体は、他の岩狼《ロックウルフ》に比べて二倍以上には大きかった。

智慧を湛えた瞳に老成した顔つき、そして何よりも——岩狼《ロックウルフ》とは異なる漆黒の装甲が全身を覆ったその身体。

「……最悪ッ！」

「……全くだ……」

徒党《パーティー》を組んで以来、初めて聞いたエルザの悪態にノードも同意した。

鎧狼《アーマーウルフ》。

それがその個体の名前だった。

岩狼《ロックウルフ》の装甲は、体毛が変化したものであり、年齢と共に装甲は厚くなり、覆う範囲が広くなっていく。

それは、群れのリーダーになるような熟練の個体でも同様なのだが、その中でも特に注意すべきなのが鎧狼《アーマーウルフ》だ。

装甲が厚く、そして濃くなったその質感は岩を通り越して鉄のそれであり。装甲が覆う範囲も顔から手足の先、そして尻尾にまで達する。

分厚いその装甲が、全身を鎧のように覆い尽くすことから、その岩狼《ロックウルフ》の上位個体として鎧狼《アーマーウルフ》と称されていた。

そして、ここからが重要なのだが。

鎧狼《アーマーウルフ》はその強さから、岩狼《ロックウルフ》とは別の個体として扱われている。

その難易度は『水晶級《クリスタル》冒険者への昇格依頼《ランクアップクエスト》に指定されている』ほどである。

その情報を語ってくれた冒険者は『まあ殆ど目撃されないから、心配は要らねえよガハハ』なんて赤ら顔で呑気に語っていたが、いままさにその事態に遭遇していた。

その鎧狼《アーマーウルフ》は、岩狼《ロックウルフ》の群れを率いる王者のようにノードたちを取り囲もうとしていた。

「あーあ。なんてついてない」

ジリジリと、鎧狼《アーマーウルフ》率いる魔狼の軍勢の圧力に抗しきれないといった風に顔を歪ませたノードとエルザが、後退する。

「ええ、全く。本当にね」

その後退は、やがてトンッという軽い衝撃と共に終わりを告げた。

――グルルルッ!!

魔狼の群れの唸り声がなお一層高く岩山に響く。まるで「とうとう追い詰めたぞ」と言わんばかりに。

ノードたちは、切り立った岩場に背中を預けるようにして立っていた。エルザとの背中合わせを止め、岩に揃って並び立つ。

「使わなくてもいいと思ったんだがなあ……」

そういうや否や、ノードは、後ろ手に握っていたロープを強く引っ張った。

次の瞬間、ノードたちを取り囲む魔狼の群れは、炎の渦に呑み込まれた。

13　玉石級冒険者《ストーン》

轟々と勢いよく燃える炎が範囲内にいた岩狼《ロックウルフ》たちを包み込んだ。

火に巻かれた岩狼《ロックウルフ》たちは悲鳴を上げながら逃げ惑い、次々と炎の中で倒れ伏していった。何とか炎の中から脱出する岩狼《ロックウルフ》もいたが、それらは身体に火をつけたまま、ノードとエルザによって次々と討ち取られていった。

岩狼《ロックウルフ》の装甲は、それまでの戦闘での感触と異なり、柔らかかった。

火のついた岩にも似た装甲は、あっさりと鋼鉄の刃の侵入を許した。

「ああ、勿体ない……」

「命あっての物種でしょうに……」

岩狼《ロックウルフ》の装甲は、分厚く生半可な刃を通さない。反面火に弱く、燃やせばあっという間にその硬度を喪う。

それが岩狼《ロックウルフ》が所詮は玉石級冒険者《ストーン》への昇格依頼《ランクアップクエスト》に指定されている程度の、つまり下から二番目の冒険者でも倒せる理由だった。

冒険者としての実力は、直接剣や槍の腕前だけで測れるものではない。目的の達成のために、必要な行動を取れるかが重要なのである。

例えば、魔物の中には物理的な攻撃——打撃や斬撃が一切通用しない種類のモノがいる。反面、そういった手合いは魔法などの攻撃に著しく弱いことが多い。

そんな敵と戦わなければならないとき、ただ闇雲に戦闘を挑むだけの冒険者は、その依頼に相応しい人材とは言えない。

戦闘自体の回避や相性の良い戦術の選定。そしてそれらの情報を事前に集めておけるか。

玉石級《ストーン》冒険者以降の冒険者に必要なのは、そういった資質なのである。

それ故に、玉石級《ストーン》冒険者への昇格依頼《ランクアップクエスト》は、石板級《プレート》冒険者の依頼と同じようにゴリ押しで戦えば苦戦は避けられない。一方で調べておけばいとも簡単に倒せる、という魔物の討伐任務が指定されている。

ただ、

「ああー……岩狼《ロックウルフ》の毛皮はそこそこの値段で売れるのに……」

岩狼《ロックウルフ》の場合、弱点である火を用いると回収素材《ドロップアイテム》である装甲の付いた毛皮が燃えてしまう。燃えた狼の毛皮など誰も欲しがるわけがなく、討伐依頼の旨味である素材の売却利益が望めなくなるのだ。

岩狼《ロックウルフ》の装甲は、対人では火に弱いという弱点を持つものの、特殊な処理を施せば多少燃え難くなるために防具の素材として一定の需要があった。

ノードも知り合いの貴族――父の同僚――の兵が岩狼《ロックウルフ》の鎧を身に着けているのを見たことがあった。

あくまでも安く買える鎧扱いであり、素材の毛皮にそれほどの売値は付かないが、それでも数が集まればなんとやらだ。

目の前で燃えている岩狼《ロックウルフ》の数は、これ迄にノードたちが剝ぎ取ってきた岩狼《ロックウルフ》と同数くらいはいるのである。

その毛皮を全部集めれば、石板級冒険者《プレート》の依頼報酬一回分は超える額になっただろう。

「ではノードはあの数に囲まれて勝てる自信があったのですか？　私にはありませんでしたが」

「………」

それを言われると、ノードにはどうしようもなかった。

命あって初めてお金が稼げるし、大怪我を負うことも許されないノードには、必勝を期す必要があった。

そのために、最悪赤字になったとしても依頼を達成して生きて帰るために用意したのが、魔狼の群れを火に巻いた罠である。

錬金術油を樽に幾つも購入し、それに発火用の魔法道具を繋げたものを地中に埋めたのである。

岩狼《ロックウルフ》の装甲は、体毛が皮脂で固められたもので、その引火性はかなり高い。

広範囲に火が広がる程の量の錬金術油はかなりの値段であるので、普通の油も利用しつつ、なんとかノードの所持金を叩《はた》いて用意したのだ。

エルザとの連携により、罠を使用するまでもなく倒せるかと期待したが、残念ながら現実はそこまで甘くなかったようだ。

エルザという優秀な冒険者と縁ができて、無事に玉石級《ストーン》冒険者に昇格できる、そのことだけでも良しとするか。そうノードは考えた。

「……ノード？」

「ああ、分かってる」

大丈夫でしょうね？　そう言わんばかりの声色でエルザがノードに語りかける。何を言いたいかは、ノードにも具体的に教えられるでもなく理解できていた。

錬金術油の火は勢いが弱まり、消えかかっている。

殆どの岩狼《ロックウルフ》はその身を業火に焼かれたが全てを仕留め終えたわけではない。

目の前には、何体かの火に巻かれなかった幸運な岩狼《ロックウルフ》と、装甲が未だに燃えながらも戦う意思を見せている鎧狼《アーマーウルフ》の姿があった。

「やるぞ」

「ええ、合わせるわ」

戦いは終末《フィナーレ》へ向かっていた。

§

岩狼《ロックウルフ》の群れは、既に全滅しかけだった。

無事に生き残った岩狼《ロックウルフ》は残り四体。それに手負いの鎧狼《アーマーウルフ》だ。

鎧狼《アーマーウルフ》は、その身体の装甲の多くが焼け残っていた。炎への耐性も、岩狼《ロックウルフ》に比べれば高いのだろう。

しかし、その身体はあちこちが焼け焦げており、息も荒い。

既にその生命力《HP》の大半を失っているのが見てとれた。

しかしそれでもノードたちに立ち向かおうとしているのは、流石は岩狼《ロックウルフ》たちの首領《BOSS》といったところか。

ノードは気を引き締めて、最後の戦闘を開始した。

先ず初めに、ノードが斬りかかった。

盾を隙なく構え、その後ろから最小限の動きで攻撃の素振りを見せる。

するとその隙を狙い、鎧狼《アーマーウルフ》と岩狼《ロックウルフ》の一体がノードに攻撃を定める。

ズンッ、と猛牛と衝突したかのような衝撃がノードに襲いかかる。あれほどの火炎に燃やされて尚、この威力——鎧狼《アーマーウルフ》未だに侮りがたし。

しかし、その一撃はノードに誘発されたものだった。

ノードの斬撃はフェイントであり、重心は盾を用いた防御のものだ。目論見通り、鎧狼《アーマーウルフ》の突進は盾に阻まれた。もう一体の岩狼《ロックウルフ》も、剣を使って牽制をしている。

その間に、素早い動きでエルザが岩狼《ロックウルフ》の一体を仕留めた。取り巻きは残り三体。

鎧狼《アーマーウルフ》も、自分の悪手が分かったのか、残りの岩狼《ロックウルフ》へと合流しようと試みる。が、そうはさせじとノードが再び斬撃。

鎧狼《アーマーウルフ》はその動きを制限され、ノードと対峙することを強いられていた。

先ずはこの人間を倒してからか――そう考えたかは分からないが、鎧狼《アーマーウルフ》は再びの攻撃をノードに仕掛ける。

今度は鎧狼《アーマーウルフ》からの仕掛けであり、配下の岩狼《ロックウルフ》との連携攻撃は、確かにノードへとダメージを与えた。

「…………グぁッ!?」

ノードへの再びの攻撃は、同じく突進――と同時に行われた岩狼《ロックウルフ》の噛みつきだった。

ノードへと一呼吸早く行われた巨体からの突進による衝撃は、一瞬ではあるがノードの行動を遅らせた。

その隙に配下の岩狼《ロックウルフ》はノードの首元へその凶悪な牙を突き立てんとする。

ノードは急所を庇うため、仕方なく腕を盾にした。

剣を持った利き腕に、岩狼《ロックウルフ》の牙が突き立てられる。

それなりの経験を重ねた個体なのだろう、岩狼《ロックウルフ》の強靭な顎はその力を遺憾なく発揮し、鋭い牙にノードの纏う硬革《レザーアーマー》の装甲を貫かせた。

痛みに、思わず手に持った剣を落としそうになるが、耐える。

腕に万力を込めて逆に牙を押し返すように筋肉を膨らませ、ノードはその腕をブンと振り回した。

盾の向こう、鎧狼《アーマーウルフ》にぶつけるその軌道は、直前に岩狼《ロックウルフ》がその口を開くことで軌道を変え、衝突を避けた。

そして代わりに——

「ギャンッ!?」

放物線を描きながら、器用に空中で身体を捻り着地しようとする岩狼《ロックウルフ》を、鋼鉄の刺が貫いた。

「ノード、怪我は大丈夫?」

「グッ……大丈夫だ折れてない。鎖帷子《チェーンメイル》で止まってる」

分断した岩狼《ロックウルフ》を仕留めたエルザの援護だった。これで取り巻きはいない。

割れた硬革の籠手の下から覗く金属の煌めきに感謝しながら、ノードは腕の調子を確かめるように動かしてそう言った。

大丈夫だ。剣は握れる。

鎧狼《アーマーウルフ》を、二つの視線が厳しく貫いた。

§

「グルアアアアッ!!」

最後の戦いは、鎧狼《アーマーウルフ》の咆哮とともに始まった。

山岳地帯全域に響き渡るほどの轟音は、それを至近距離で浴びたノードとエルザに、原始的な恐怖を呼び起こした。

未だ新人冒険者の域を出ない二人は、思わず身体を恐怖ですくめてしまう。

不味い、ノードとエルザは無意識にそう思った。若い冒険者の二人の動きに、本能的な強張りが出たのは一瞬ではあったが、その一瞬があれば十分だった。

ノードたちが仕掛けた錬金術油を用いた火計の罠によって、未だに体毛から煙がくすぶるほどの甚大なダメージを負いながらも、鎧狼《アーマーウルフ》はそれを感じさせない動きでノードたちに襲い掛かった。

引き絞られた矢が放たれるように、焼け焦げた黒い体毛の下の筋肉が躍動し、鎧狼《アーマーウルフ》の巨体を一気に加速させる。

大地が爆ぜた、としかノードには認識ができなかった。そしてその直後には、ノードの身体には途轍もない衝撃が襲い掛かっていた。

一瞬の隙をついて、鎧狼《アーマーウルフ》はノードの懐に踏み入っていた。鎧狼《アーマーウルフ》の巨体による突進が、ノードの身体に突き刺さる。

「ノードッ!?」

エルザの悲鳴じみた叫びが、遠くに聞こえた。肺腑から息が漏れ、意識が遠くなりかける。

鎧狼《アーマーウルフ》はそのままノードにのしかかるようにして身体を押し倒し、鋭い牙で首元に食らいつこうとした。

ノードの視界一杯に、鎧狼《アーマーウルフ》の開けた顎が広がった。鋭く尖った大きな牙が、眼前に迫る。

兜越しでありながら、むわりとした強烈な獣臭がノードの鼻をついた。

地に倒れ伏したノードにとって唯一幸運だったのは、突進を受ける前に、本能的に盾を正中線に引き寄せていたことだった。その偶然の行動が、僅かばかりではあるが、鎧狼《アーマーウルフ》の突撃の衝撃を和らげ、ノードとの間に空間を作り出していたことだった。それが、ノードに九死に一生を得させた。

ガチン、と背筋が凍るような恐ろしい音を立てて、ノードの鼻先で、鎧狼《アーマーウルフ》の顎が空を切った。

その僅かな時間で、ノードは身体に力を取り戻した。痛みと衝撃で遠くなりかけていた意識が、再び全身に張り巡らされる。

ノードは渾身の力を振り絞るようにして、ひしゃげた盾を押し上げ、鎧狼《アーマーウルフ》の顎を遠ざけようとする。

「うぉおおお!!」

「グルルァアアア!!」

耳元に届く音が、自分と鎧狼《アーマーウルフ》どちらの咆哮なのか、ノードにはもはや判別がつかなかった。

しかし、その均衡は長くは続かなかった。

この場にいるのは、ノードと鎧狼《アーマーウルフ》だけではない。

「ッ！」

ノードは鎧狼《アーマーウルフ》からの圧力がゆるんだのを感じ取った。そして、それが一体何を意味するのか、頭で考える前に理解し、行動した。

鎧狼《アーマーウルフ》が、僅かに身体を沈める。

横合いから繰り出された一撃——エルザの槍が鎧狼《アーマーウルフ》へと迫る。

その攻撃を、跳躍して回避しようと試みた鎧狼《アーマーウルフ》だが、僅かに動作が遅れた。ノードが鎧狼《アーマーウルフ》の腹を強かに蹴り上げたのである。体勢を崩された鎧狼《アーマーウルフ》は、そのまま宙へと身を躍らせたが、エルザの槍の一撃は、それを易々と逃すほど遅くはない。白刃が鎧狼《アーマーウルフ》の腹部へと深々と突き刺さった。

「生きてるわね、ノード」

「助かった。……やったか？」

ノードは素早く立ち上がり、体勢を立て直しながら、援護してくれたエルザへと尋ねた。

「深手は与えたけど……まだ動けるみたいね」

エルザの視線の先には、依然として戦意の衰えぬ眼差しの鎧狼《アーマーウルフ》の姿があった。

全身に及ぶ火傷に加え、腹部から血を流しながら、それでもなお敢然と立ち向かってくる鎧狼《アーマーウルフ》に、ノードとエルザはいっそ敬意すら感じた。

「全く……手強いな」

「本当にね」

「だがもう長くは無いはずだ……終わりにしよう」

ノードの言葉が言い終わるか否か、二人は駆け出した。

鎧狼《アーマーウルフ》はその動きに合わせるように、再び飛び掛かってくる。

「グルァアアアッ!!」

再びの咆哮。

山を揺るがすかのような轟音が、再びノードとエルザに襲い掛かる。しかし、

「二度も同じ手は喰らうかッ！」

先ほどのやり取りと違い、二人に隙は出来なかった。

鎧狼《アーマーウルフ》の突撃は、再びノードを狙ったものだったが、今度はしっかりと盾で受け流す。半壊の盾ではあったが、鎧狼《アーマーウルフ》の巨体をいなすのに十分な役目を果たした。すれ違いざまに一撃。

ノードが防ぎ、エルザが避け、剣で切り裂き、槍で払う。

致命傷こそ避けるものの、少しずつ鎧狼《アーマーウルフ》はその体に無数の傷を負っていく。そして……。

「これでえええぇっ!!」

エルザの裂帛の気合とともに、渾身の刺突が繰り出される。

その一撃を、避けるだけの体力はもはや鎧狼《アーマーウルフ》には残されていなかった。

深々と、今度こそ致命の一撃となるべく突き立てられたエルザの槍は、鎧狼《アーマーウルフ》の心臓を貫いた。

鎧狼《アーマーウルフ》はゴブリ、と口から血を吐いたのち、大きな音を立てて岩山へと膝を屈して息絶えた。

長かった戦いに、終止符が打たれた瞬間だった。

§

戦闘終了後、ノードたちは再び岩山を移動し、あちこちに残る岩狼《ロックウルフ》の軀から剝ぎ取りを開始した。

剝ぎ取った後の軀は腐乱しないようにまとめて埋めたので、岩山からは岩狼《ロックウルフ》の痕跡が消え去った。

岩狼《ロックウルフ》の群れは殲滅され、戦場にはノードとエルザの二人だけが残ったのだ。

埋める前に数えてみると、岩狼《ロックウルフ》の総数は今日までに討伐したのと合わせて八十二にも上った。

「こんなにいたなんて」

エルザの言葉である。

ノードも同意だった。依頼書には何体ぐらいと書かれていただろうか？　帰ってからギルド職員に是非尋ねてみるべきであろう。追加報酬が期待できる筈だ。

事前に依頼していた冒険者ギルドの迎えの馬車が来るまで、一日と少しの時間があった。

既に討伐を証明する部位と、剝ぎ取れる素材は集め終えている。

ノードは空いた時間に少しでも赤字の補塡——使用した錬金術油はかなりの額だった——をすべ

く採取に励むことにした。

山岳地帯であるので、薬草の類いを得ることは出来なかったが、代わりに幾つかの鉱物を採取できた。量は大したことが無かったが、多少の金になる筈だ。

そんな調子で、ノードはエルザと共に王都への帰路に就いた。

道中でも、ノードは少しでも金を作ろうと金策に励んだ。小銅貨の一枚でも逃さないとばかりに、薬草など金銭価値のあるものを探し求めたのである。

往路では、馬車には錬金術油の入った樽などが積まれて狭かった。復路でも、ノードの採取品と岩狼《ロックウルフ》の毛皮などで再び狭い思いをしたが、ノードもエルザも往路より狭くなったにも拘わらず悪い心地はしなかった。

そして、往路と同じく都合四日をかけて王都へと帰還した。

§

冒険者ギルドでは、エルザが職員に対して、事前情報よりも遥かに多い岩狼《ロックウルフ》と、何より鎧狼《アーマーウルフ》と戦わされたことに激しく文句をつけていた。

紅い髪を逆立てるようにして烈火のごとく怒ったエルザの様子は、鎧狼《アーマーウルフ》を燃やした火炎の勢いに負けず劣らずであり、ノードは一連の交渉に出る幕がなかった。

「ふふーん　やったわよ」

依頼に提示されていた報酬に加えて、冒険者ギルドからの追加報酬をせしめたエルザはホクホク顔だった。

また、剝ぎ取った岩狼《ロックウルフ》の毛皮も合わせると、今回の報酬はかなりの金額になった。

罠に使用した金額を差し引いても、結構な黒字である。

そして……ノードとエルザの首元には、新たなギルドカードが顔を覗かせていた。

玉石級《ストーン》冒険者のギルドカードである。

石板級《プレート》冒険者の石を削り出した少しざらざらとした質感とは違い、乳白色の石を綺麗に磨き上げた表面はツルツルと陽の光を反射して輝いている。

質感以外は以前と変わらないが、また一つノードは冒険者の階位《ランク》を上げたのだ。

ノードはその実感を味わった。

「ねえノード、提案があるのだけど……」

深紅の髪の下、乳白色のギルドカードを胸元に下げたエルザが問いかける。

「何だ？」

ノードはその問いかけに続きを促した。

「鎧狼《アーマーウルフ》の素材なのだけど、貴方私に売る気はない？」

鎧狼《アーマーウルフ》はノードたちの火計にその身を焼かれながらも、その一部分の装甲を毛皮として遺していた。

とはいえ、鎧狼《アーマーウルフ》は巨体である。その一部の装甲でも、鎧の素材として用いるに十分な量があったのである。

今回のエルザとの徒党《パーティー》での配分は、事前に50対50《半々》にすると決めていた。そして現に、依頼報酬と岩狼《ロックウルフ》の素材は山分けをしていた。

残りは鎧狼《アーマーウルフ》の素材だけである。

鎧狼《アーマーウルフ》の素材は、火炎への耐性以外は、今ノードとエルザが身に着けている硬革の鎧《レザーアーマー》よりも格段に優れた防御性能を持つ物である。その装備を作れるなら、玉石級《ストーン》冒険者の依頼でも楽が出来るだろう。

ただ、残念なことに火炎の罠を用いたことで、鎧狼《アーマーウルフ》の装甲はかなりの部分が燃え落ちた。一人分の鎧を作れるかどうか、という量しか残っていなかったのである。

二人で分ければ、精々一部の装備を整えることができるくらいにしかならないが、どちらかが独占すれば、上位の装備を一式整えることができる。

そして、ノードには今は装備よりも金の方が必要だった。

装備を優先したいエルザ。金を確保したいノード。

二人の欲するところは異なる。

ノードは喜んでエルザの提案を受けた。

§

「アレク」

その後、冒険者ギルドを後にしたノードは、その足で家路を急いだ。

約二週間振りの帰宅となるフェリス邸は、何時もと変わらない様子でノードを迎えてくれた。

ノードは鎧を脱いだあと、メイドに聞いた家令のアレクの所に出向いた。

「お帰りなさいませ、ノード様」

恭しく挨拶をしてくるアレクに、ノードは革袋を差し出した。

ズシリ、と重いその袋の中には銀貨が入っている。

「言われた額が入ってる筈だけど、念のため確認しといて」

じゃあ、僕は疲れたからちょっと休むよ。そう言いながら、ノードは足早にアレクの部屋を去った。

アレクは、両手で受け取ったその革袋を大事に持ちながら、深く頭を下げた。その頭はノードが部屋を去ってからも暫く動かなかった。

アレクの目には、ノードの右腕の袖の下に見えた包帯の様子が確りと焼き付いていた。

14　装備調達

胸に抱くギルドカードの輝きが滑りのある玉石の物に変化しても、ノードの日常はやはりいつもと変わらない。

つまり金稼ぎだった。

岩狼《ロックウルフ》との死闘（という名の虐殺）から早くも二月が過ぎていた。ノードは無事に玉石級冒険者《ストーン》としての仕事をこなす日々を送っていた。

東に討伐依頼があればそこへ赴き、西に採取依頼があればそこへ赴く。依頼報酬は半分を家計に納め、残りは貯金である。貯まったお金は主に有事の備えとしたいが、最近は硬革の鎧《レザーアーマー》では不足も感じて来たため、そろそろ装備更新をしようかと思案しているノードであった。

「そうねぇ、今はともかく、遠くない将来また昇格依頼《ランクアップクエスト》を受けるものね。早めに用意しておいた方がいいんじゃないの？」

ノードの相談に対して、そう返すのは徒党《パーティー》仲間のエルザである。

彼女はギルド併設の酒場で、依頼達成後の食事を楽しんでいるところだった。

深紅の豊かな髪を垂らした彼女は、夕食である煮込み料理《シチュー》へと髪の毛が入らないよう器用に髪を掻き分け、匙で口へと運んだ料理をもくもくと食べている。

そんな彼女の装いは、仕事終わりの冒険者らしく厳しい物だ。黒く光沢のある、装甲板が連なった頑丈そうな鎧を身に着けている。

その鎧こそが、ノードとエルザが二月前に玉石級《ストーン》冒険者へと昇格する昇格依頼《ランクアップクエスト》で戦った岩狼《ロックウルフ》の首領《BOSS》である鎧狼《アーマーウルフ》の毛皮から作られた黒鎧狼の鎧である。

岩狼《ロックウルフ》の鎧は基本的に、薄汚れた灰色の装甲をしているのに対して、エルザが身に纏う鎧は鍛えられた黒鉄と見紛うほど立派な外見をしている。

防御力も大したものであり、岩狼《ロックウルフ》の鎧が硬革《レザーアーマー》の鎧と同程度なのに比べて、鎧狼《アーマーウルフ》の鎧はちょっとした金属鎧並みの強度があった。それでいて軽さは硬革《レザーアーマー》の鎧並みだという。

ノードはエルザの黒く輝く鎧を見て、少しだけ鎧狼《アーマーウルフ》の素材を彼女に売却したことを後悔した。

それが伝わったのか、エルザは得意気な笑みを浮かべて、手に持った匙を食器に一度置くと、ノードに鎧を見せつけるよう胸を張った。

エルザの深紅の髪の毛が、なだらかなカーブを描いていた。

「それで、実際にどうするのよ？」

食事を終えたエルザがエール片手に再び問いかける。

ノードはそれに自分の考えを述べた。

「やっぱり、俺は金を貯める必要があるからな。店売りの鎧を買うのは避けたい」

「となると、『持ち込み』ね」

鎧――というよりも武具を購入するには二つの手段がある。

一つは武具店で既に出来上がった鎧を購入する方法。そしてもう一つは自分の作りたい鎧を完全《フル》発注《オーダー》する方法だ。

前者は『店売り』と呼ばれる鎧で、後者が発注鎧《オーダーメイド》と呼ばれる鎧だ。普通は店売りの鎧の方が購入した場合安く済むのだが、発注鎧でも安く手に入れる方法があった。

それが俗に『持ち込み』と呼ばれる方法である。

簡単に言えば、作って欲しい鎧の素材を持ち込んで、材料分を無料で鎧を作成して貰うことであり、他ならぬエルザの黒鎧狼の鎧もその方法で作ったものだ。

ただ、この方法で安く作って貰えるのは店売りと同じ鎧――要は店主が作り慣れた鎧くらいなもので、そこに独自の注文を付け足したり、珍しい素材を持ち込んで作って貰おうとしたりすると、作成費は高騰する。とはいえ、そもそも珍しい素材の場合、店に売っていないので完全発注するのと違いは無いのだが。

エルザの黒鎧狼の鎧の素材である鎧狼《アーマーウルフ》の毛皮とその装甲は、珍しいとはいえ製作の手法は普通の岩狼《ロックウルフ》の鎧と同じである。

エルザは自身の戦闘方式《スタイル》に合わせて軽鎧として誂えて貰ったが、多少工賃に上乗せが発生したくらいで、全身の鎧を買い揃えるのに比べれば、幾らか安価《リーズナブル》であった。

食後のエールを呷るエルザに向かって、ノードは自身の考えを告げた。

「俺は鱗　鎧《スケイルアーマー》を作ろうと思っている」

「鱗状鎧《スケイルアーマー》？　いいんじゃない。でもそれって金属よね……掘るの？」

そのエルザの反応に、ノードは「いや」と前置きしてから説明を続けた。

エルザが想像したのは、金属製の鎧だ。小さな金属片を布地などに縫い付けた鎧で、その金属片が鱗のように見えることから鱗状鎧《スケイルアーマー》と呼ばれている。

だが、ノードが作ろうとしているのは、鱗　鎧《スケイルアーマー》だ。全く同じ呼び方をする両者の違いはただ一つ。素材が金属片か本物の鱗かだ。

鱗で出来た鎧というと、まず想像するのは竜種《ドラゴン》の鱗で出来た鎧だが、それらは竜　鎧《ドラゴンメイル》と呼ばれる部類だ。次に考えるのは、飛竜《ワイバーン》や亜　竜《レッサードラゴン》の鱗で作られた竜鱗の鎧だが、これはたしかに鱗　鎧《スケイルアーマー》の一種なのだが、竜鱗鎧《ドラゴンスケール》と区別されているのだ。

ということを、ノードはしっかりとエルザに対して熱く説明したのだが、残念ながら彼女はこういった話に興味がないらしい。

興味ない、と言わんばかりにエールを呷《あお》ると、呆れた眼差しをノードに向けて続きを促した。

「それで」と、ノードは話を続けた。

ノードが作ろうとしているのは、もっと下位の魔物の素材を使った鱗　鎧《スケイルアーマー》なのだ。

その素材には主に爬虫類系や魚類系の魔物の素材で事足りるので、下位の冒険者であるノードでも作れる。

それでいて、魔物の鱗は加工することで金属に勝るとも劣らない強度を示すようになる。

鎖帷子《チェーンメイル》の上に鱗鎧《スケイルアーマー》を着れば、（比較的）安くて長く使える装備の出来上がりなのだ。

ということを、ノードはエルザに伝えた。

それらの知識は武具店の店主《オヤジ》に相談した際、教わったものだ。ノードはその素材と鎧の話を実に興味深く愉しく聴いたものだったが、残念ながらエルザにはその魅力が伝わらなかったらしい。

そこまで説明したところで、エルザは飲み終えたエールの盃を木机《テーブル》におくと、何かをよこせと言わんばかりに掌を上に向けて、手を差しのべてきた。

「もう案があるってことは、必要な素材も判ってるんでしょ」

その素材を教えろ、という仕草だった。

ノードはしたりと頷いて、彼の懐から一冊の冒険の書《手帳》を取り出し、その一頁を開いてエルザへと手渡した。

エルザが酒精で軽く上気した顔を、その手帳の中身を覗き込むように向ける。

そこには、

水魚の鱗

大蛇《サーペント》の靭皮
大蛇《サーペント》の大鱗
毒蛇《ヴァイパー》の鱗
魚竜の甲鱗（金属でも代用可）

と書かれていた。

§

「うーん……」

それを読んだエルザは、悩ましげな声を漏らした。

「全部集めるのは、厳しいんじゃない？」

それはノードも思っていたことであった。

水魚の鱗や毒蛇《ヴァイパー》の皮はまだ簡単に手に入る。

魚竜の甲鱗は入手難易度も高いが、これは重要部位に付ける追加装甲であり金属でも代用が可能だと書かれている。手に入らなければ、費用がかかるが入手は可能だ。（その場合安く鎧を入手するという目的に沿わなくなるが）

しかし残りの素材、大蛇《サーペント》の皮と大蛇《サーペント》の大鱗は曲者だった。

大蛇《サーペント》は、玉石級《ストーン》冒険者の獲物の中でもかなり手強いとされる魔物だ。群れて戦うことはない魔物だが、単体でも岩狼《ロックウルフ》の群れより強いと言われている。

何より面倒なのは、大蛇《サーペント》は沼地という戦いづらい場所の奥地に生息していることだった。

他にも、背の高い草が生える沼地は遠くが見通しづらく、そして水気の強い沼地地帯では、重装備の冒険者は足を取られるという特徴がある。

その沼地に棲む大蛇《サーペント》は、蛇であるため地面を這いながら移動するため、沼地においては巨体にも拘わらず発見しづらく、個体の強さ以上に発見が厄介である。

しかし、この鱗鎧《スケイルアーマー》の装甲の要こそが、この大蛇《サーペント》の持つ靭皮（※ここでは強靭な皮革という意味）と大鱗なのである。

魚竜の甲鱗は鱗鎧《スケイルアーマー》に追加で装着するブレストプレートに使用して肝心な鎧本体を構成する鱗の装甲に大蛇《サーペント》の素材を使うのだとノードは武具店の店主から説明を受けていた。

またその際に、比較的入手のしやすい水魚の鱗や毒蛇《ヴァイパー》の鱗だけでは駄目なのか聞いてみたが、それらだけでは硬革の鎧《レザーアーマー》と大して変わらない防御力にしかならないらしい。それらの使用部位は、裏地や関節部など、動きを妨げないようにする場所に細かい鱗が必要だからであって、正面から攻撃を受け止めるメインの装甲部位には、やはり強靭な素材が必要なのだという。

ノードとエルザの徒党《パーティー》には、斥候《レンジャー》がいない。

少しずつ技能を身に付けようと努力はしているが、それは初歩的な技能であって、本職には及ばないものだった。

その状況で大蛇《サーペント》と戦うのは、如何にも厄介であった。

「どうせなら、お金貯めて新しい店売りの鎧買った方がいいんじゃないの？」

エルザはノードが金欠（というより金を貯めたいこと）を知っているが、それでもそう提案してきた。

鱗鎧《スケイルアーマー》より少し性能は落ちるが、今の硬革の鎧《レザーアーマー》よりは格上の防具が普通に売っているからだ。その防具であれば、水晶《クリスタル》級冒険者程度の依頼でも通用する性能があるだろう。

面倒な討伐をするより、金で面倒を解決する方が早いのだ。

問題は、その面倒を金で解消するならば、必要な予算は三倍以上になるという点だったが。

結局、その日ノードは鎧をどうするかの問題を先送りにして、家路に就いた。

§

後日のことである。

「よう、ノード」

今日も今日とて依頼を請けようと、朝早くから冒険者ギルドに赴いたノードに対して、声を掛ける存在があった。

反応して、声の主を見れば久しぶりに見る姿があった。

「ジニアスじゃないか、久しぶり！」

それはジニアスであった。

ノードとジニアス、そしてその仲間とは薬草の長期採取依頼でゴブリンに対して共闘した仲であり、それ以降も親交は続いていた。

「最近見なかったな？　遠征か？」

「ああ、また長期の依頼を請けてたんだ」

ジニアスたちも徒党《パーティー》全員が玉石級《ストーン》冒険者へと昇格していた。石板級《プレート》冒険者のときは何度か共に依頼を請けたりしていたが、昇格してからは、中々顔も合わせることが出来なかった。

ジニアスたちが出向いていたのは、王国の西部だった。

そこで討伐依頼と採取依頼を請けていたのだという。

「……今日は一人か？」

「ああ、あいつらは用事があるみたいでな。半月ばかり活動は中止だ。ただ」

珍しいだろ、そう言って笑ったジニアスの周りには、何時も一緒にいる徒党《パーティー》の仲間の影がなかった。

ジニアスは田舎の幼馴染みたちと一旗挙げるために王都に冒険者になりに来たという過去がある。

幼馴染みで長年互いのことを把握しあった彼等は、息のあった連携で戦う典型的な冒険者の徒党《パーティー》だった。

ただ、そんな彼等とて常に行動するとは限らない。

徒党《パーティー》仲間であろうとも、各々にはそれぞれの活動がある。

冒険者の中には、別の組合《ギルド》に所属している者もいるし、或いは副業として何か稼ぐ手段を持っている者もいる。

場合によっては冒険者としての活動こそが副業という者もいるくらいだ。

それに、冒険者としての活動は非常に疲れるのだ。

命がけの戦いや、危険を冒しての収集活動などは、肉体以上に精神が疲弊する。特に長期の依頼を請けたあとなどは、休息のために暫く活動を見合せることも珍しくない。

むしろ、短期長期問わず依頼の後に僅かな休息だけで再び依頼を請けている冒険者の方が稀なのだ。

ノードはその珍しい部類に入り、徒党《パーティー》を組んでいるエルザが休暇を取っている間も、ほぼ毎日のように依頼を請けていた。

最低限必要な休息はしている（実家が王都にあるのも大きい）ので、エルザからも呆れた顔をされるだけで済んでいるが、本来は推奨されない行為である。

勿論、ノードとて金に余裕があればこんな無茶はしないのだが……。

　ジニアスの話を聞けば、何でも回復役のリセスは本格的に回復魔法の腕を磨くため、王都にある神殿で巫女としての修行を始めたという。

　それには一月は掛かるそうで、その予定に合わせて休暇を組んだのだという。

　槍使いのゲイゴスは腕を磨くため修行に充てるつもりらしい。弓使いのアルミナは、皆の故郷に兄の結婚式のために帰っているらしい。斥候兼遊撃手《レンジャー》のシノは王都で休暇だそうだ。

　ジニアスも本来、自分の剣の腕を磨くため修行する予定だったのだが、

「どうにも訓練というのが性に合わなくてね。身体を動かすために一人で依頼を請けようと思ってね」

　そうしたら、ノードを見かけたので声を掛けたのだという。

　話を聞いていたノードは、何とはなしに何の依頼を請けるのか聞いてみた。すると、

「まだ決めてないんだけど、実は沼地で欲しい物があってね……他の徒党《パーティー》と行けないか画策してたんだ」

　とのことであった。

　で、あるのならばと、ノードは自分の事情——鎧作成について話すことにした。どうせなら沼地の依頼を一緒に請けないか、と。

「なるほどな……シノがいれば、大蛇《サーペント》からの不意討ちは避けられるしな」

　ジニアスはノードの提案を聞いて、頷いた。

「それで、ジニアスの用件ってのは何なんだ？」

「あー……うん、その……」

歯切れの悪いジニアスだったが、照れた表情でこう白状した。

「水晶花が欲しくてさ……ピンクの」

15　水晶花採取

「へえ……いいじゃないか、誰にだ？　やっぱりリセスか？」

ジニアスの答えを聞いたノードは、からかうような声色でそう尋ねた。

水晶花は、王都の一部の地域に咲く花であり、花弁と茎が透き通るような見た目をしており、それが水晶のようにも見えるのでそう呼ばれていた。

水晶花自体は比較的簡単に手に入るが、それがピンクとなると少し勝手が違う。そしてその意味も。

通常の水晶花は青みがかった透き通る花弁をしているのだが、特定の時期になると沼地に生息している水晶花だけが、稀にピンク色の花弁となるのだ。

理由は学者ではないノードには分からなかったが、それでもそのピンク色の水晶花にまつわる話は知っていた。

昔、とある冒険者が貴族家の令嬢に恋をした。

しかし、令嬢はその冒険者のことを憎からず想っていたが、貴族の結婚は家同士の結び付きである。

身分違いの結婚は許されない、そのことを理解していた令嬢は、その冒険者にこう言った。

「貴方が私に捧げることができるのは、水晶花だけなのです」

イルヴァ大陸では、各国に共通する風習として、花を贈って自分の気持ちを伝えるというものがある。花言葉である。

そしてその花言葉の内、水晶花の持つ意味は「親愛」である。家族や友人に向ける気持ち以上の、恋は許されない。そう端的に告げ、恋心に蓋をした令嬢であったが、暫くしてその冒険者が現れた。

「貴方へ水晶花を捧げます」

その言葉を聞いた令嬢は、冒険者が自分のことを諦めたのだろうと、一抹の安堵と大きな寂しさを覚えながら花を受け取ろうとした。

しかし、令嬢の目の前に差し出された花は水晶花には違いなかったが、その花弁は鮮やかなピンク色の花びらであった。

当時、水晶花の花弁は青いものしか存在しないと思われていたが、その冒険者は冒険の果てに沼地でその水晶花を見つけたのだ。

水晶花であるのに、花弁の色が違う。あり得ないことが目の前に起きた令嬢は、驚きとともに抑えていた感情が溢れ出すのを感じた。このピンク色の水晶花のように、自身の〝あり得ない〟恋を叶えたい。

やがてその恋は叶い、冒険者と令嬢は結ばれた。という有名な話である。

その冒険者が見つけた水晶花の群生地こそが、ハミル王国にある沼地なのである。

遠くの国で起きたその恋愛物語《ラブストーリー》は、国を越えてイルヴァの大地に棲む民へと伝わり、そしてハミル王国も例外ではない。

今でもイルヴァ大陸での水晶花の花言葉は「親愛」だが、ピンクの水晶花は意味が違う。

その意味は「何時までも貴方が好きです」である。

照れるジニアスの意図は明瞭だ。幼馴染みのリセスに告白しようというのである。

むしろ、冒険者になってからそこそこ付き合いのあったノードには、彼等がそういう関係でないことに驚いた。

冒険中も休憩中もピッタリとくっついて過ごしていたのを見ていたからだ。

夜営のときこそ、同性のアルミナと寝ていたが、てっきり恋人同士だと思っていた。

とはいえ、ノードはそちらの方面が得手とは言えないが、そのノードから見ても、リセスもジニアスを憎からず想っているのは明白だった。ジニアスが告白すれば二つ返事で了承が返ってくるだろう。

故に、

「そういうことなら手伝ってやらないとなあ」

冒険者をはじめてから出来た、同世代の友人の恋を応援する気持ちも加わって、尚更沼地での依頼にやる気を増したのである。

§

その後、沼地での依頼を請けるために、ノードとジニアスは徒党仲間《パーティーメンバー》を捜しに出かけた。

エルザはノードが、シノとゲイゴスはジニアスが分担して依頼に誘った。

エルザは休暇中であったので、彼女の宿を訪ねたが留守であった。『依頼の相談。ギルドにて待つ』と、冒険者ギルドに来て欲しい旨をしたためたメモを扉の隙間から投入すると、一度戻り、夜に冒険者ギルドに再び赴いた。当然その間には簡単な依頼で小銭を稼いだのは言うまでもない。

依頼の達成報告に冒険者ギルドに出向くと、エルザが来ていた。

残念ながら宿には戻らなかったらしくメモは無駄になったが、気にすることもなくノードはエルザに経緯を説明した。

エルザは「そういうのって憧れるわ」と、うっとりしたようなため息をついた後、二つ返事で依頼への同行を了承した。

そのままエルザに翌日にギルドで打ち合わせる旨を伝えた後、ノードはジニアスの宿へと向かった。

ジニアスからは、残念ながらゲイゴスは捕まらなかったと伝えられたが、シノは無事に了承してくれたらしい。

ノードはエルザと明日冒険者ギルドにいることを告げ、その日は家でぐっすりと眠った。

翌朝、早朝のギルドに何時もより早く着くと、程なくして皆が集まった。

どうやらゲイゴスは既に別の依頼へと出ていたらしく、今回の依頼はノード、エルザ、ジニアス、シノの四人で請けることになった。

エルザとジニアスたちの面識は無かったが、お互いに簡単な自己紹介を済ませると、どの依頼を請けるかの協議に入った。

といっても、今回の目標は第一目標がピンクの水晶花で、第二目標が大蛇《サーペント》の討伐なので、その二つが満たせそうな依頼を選ぶことにした。

こういった自分たちが独自に設定した特定の目標がある場合、現地で達成可能な依頼を複数同時に受注しておくと、効率良く稼げる。

ジニアスたちは、ノードたちよりも遠方での長期の依頼を請けることが多いので（人数が多いため人手がいる報酬の高い依頼を狙っている）、その辺りの塩梅はノードたち以上に理解していた。

依頼争奪戦の結果、沼地での簡単な採取依頼を幾つかと、大蛇《サーペント》と同じく沼地に生息する毒蛇《ヴァイパー》の毒腺採取の依頼を請ける。

どうせなら大蛇《サーペント》討伐も請けたかったが、残念なことにその依頼が出ていなかった。

沼地で必要な装備——特に毒対策と虫除けを確り確認した後、一行は沼地に向けて出発した。

§

一面に広がる湿地帯は、葦やススキが生えていて、黄金色の絨毯が敷き詰められているようだった。

豊富な栄養が土にあるのだろうか、その背は高く、ちょっとした木くらいの高さがあった。

ノードの背よりも高いその草の帳《とばり》は、その向こう側に潜むものを完全に覆い隠してしまっていた。

沼地の土は柔らかく、足跡が残っている。しかしズブズブと沈むことはなく、十分ノードの体重を支えることができている。

馬車の幌の間から、遠くに見える山から吹かれた風がノードの顔を撫でる。その風はひんやりと気持ちが良く、沼地であるのにジメジメしたものは感じさせない。

「意外と湿度が低いんだな」

「たしかに、もっとジトッとしてるかと思ってた」

馬車を降りながら呟いたノードの感想に、エルザが相槌をうつ。

「今は秋だからな、多少はましさ。これが夏だと堪らんらしい」

軽装に身を包んだシノとジニアスが、続いて降りてきた。

「夏は西方まで出掛けてたけどね」とジニアスは続けて補足をする。

西方は比較的、夏場でも過ごしやすいとされる地域だ。なる程、ジニアスたちはその辺りも勘定に入れて仕事をしていたのだろう。

「ノードたちはどうしてた？」

「森林と山岳にいたよ」

夏場は昇格依頼《ランクアップクエスト》のためにその二ヵ所で討伐をしていた。森林では木々が日差しを遮っていたし、山岳地域は標高が高かったから良かったが、もしもそのとき沼地で依頼を請けていたら地獄だっただろう。

「よーし、皆準備はいいな？　俺が先導するから後方の警戒は頼んだぜ」

斥候《レンジャー》であるシノが徒党《パーティー》の先頭に立ちながら、そう呼び掛ける。

沼地での探索が始まった。

§

「やっぱり斥候《レンジャー》がいると楽ねー」

何度目かの魔物との遭遇戦、それを奇襲しての一撃で終わらせた後に、付近に群生していた植物の採取を続けながら、エルザが言った。

「まあそれが俺の仕事だしな」

シノはどの徒党仲間《パーティーメンバー》よりも手際よく、採取をテキパキと済ませると、他にも何か目につくものが無いか観察しながらそう言った。

「いやあ、俺たちもいつも楽させて貰ってるよ」

「お褒めに与《あずか》り恐悦至極」

ジニアスの感謝の言葉に、シノがおどけた調子で返す。

巫山戯《ふざけ》たようでありながら、周囲に注意深く気をやっているのがノードには分かった。

実際に、斥候《レンジャー》としてのシノは大したものだった。

僅かな痕跡から魔物の存在を察知していたし、その痕跡がどれくらい前かなども大まかではあるものの当ててのけた。

そのお陰で見通しの悪い湿地帯であるにも拘わらず、魔物を一方的に奇襲することに成功していた。

さらに、採取する素材も一早く、そして目敏く見付けてくれるので、ノードたちが受注していた依頼は次々と消化されていた。

その中で倒した魔物には毒蛇《ヴァイパー》も含まれており、鎧の素材の一つを必要分入手することに成功していた。

「ここは沼地な分、痕跡が分かりやすくて楽なもんだ」

気軽にシノがそう呟く。ノードはその言葉を受けて自分の足元に目を落とす。

足元には黒々とした沼地の土と、そこを歩いたノードの足跡が残されている。

ただ、それは一人の分ではなく、他の仲間が移動した足跡や、或いは自分たちが来る以前から残っていた魔物の移動した後らしき痕跡など、実に様々な物が残されている。

ノードも初歩的な斥候《レンジャー》技術は身に付けているが、だからこそ事も無げに様々な情報を一瞬で察知して読みとくシノの凄さが分かった。

ノード程度の技術では、精々どちらに向かったか程度が分かるくらいなものである。

「うちにも斥候《レンジャー》欲しい……」

エルザの声を耳に入れながら、真剣に考える。

玉石《ストーン》級冒険者の依頼も結構な数を達成してきたノードたちは、早晩水晶《クリスタル》級冒険者への昇格依頼《ランクアップクエスト》を請けることになるだろう。

そのときは、今度はジニアスたちと歩調を合わせて一緒に昇格依頼《ランクアップクエスト》を請けることもできる。

しかし、既にジニアスたちの徒党《パーティー》は五人の仲間がおり、そこにノードとエルザが追加されれば七人である。

ジニアスの徒党《パーティー》の構成は、槍兵のゲイゴスと剣士のジニアスが前衛となり、回復役のリセスと弓手のアルミナが後列として戦闘を補助、中列に遊撃のシノがいて柔軟に前衛後衛をカバーするという、バランスの取れた配置だ。

ノードとエルザは共に手練《てだ》れの前衛なので、もしジニアスの徒党《パーティー》に参加しても足を引っ張ることはないが、そうなると今度は後衛の支援が追い付かなくなる。

一時的な共闘ならともかく、恒常的な徒党《パーティー》への参加となると、余り良い結果にはならないかもしれない。

恐らくそれが分かっているだろうから、ジニアスたちもこれまでそういった話を持ちかけて来なかったのだろう。

水晶級冒険者《クリスタル》への昇格という短期的な目的ならばいざ知らず、長期的な目標——赤銅級冒険者《ブロンズ》、そして黒鉄級冒険者《アイアン》への昇格も考えると、新たな仲間が必要になってきたのかもしれない。

そんなことをノードは考えた。

§

「……っはあ!!」

気合いの声と共にノードは盾を構えた腕に力を込めた。

自分の身体を半分隠す程度しか面積を持たないその盾の向こう側から、ノードとは比べ物にならない質量を持った巨体が、高速で飛んできた。

緑の鱗に覆われた巨体が盾にぶつかる瞬間に、殴り付けるようにして横向きへの力を加えた。

僅かではあるが、ノードの身体に向かっていた衝撃が、外側へと流した盾の方向に逸れる。

——攻勢防御《パリィ》と呼ばれる防御術の一種だ。

達人ならばそっと手に力を加えるだけで、相手の攻撃を無力化できると言われている高等技術であり、未だノードが使いこなせるとは言い難い業であったが、効果はあった。

鎌首をもたげた後に、強靱な筋肉によって射出される大蛇《サーペント》の頭突き。単純な攻撃だが、その質量差を活かした攻撃は実に効果的だ。

しかし、その一撃は盾の奥にあったノードの身体を粉々に砕くことはなかった。

横合いに加えられた力の向きが、突撃の方向を変えたのだ。

ノードの斜め後ろに飛び出した大蛇《サーペント》の頭が、獲物を捕らえることなく宙に浮いた。

ノードの盾は代償として形を歪ませ、さらに盾を持つ腕に強烈な痺れをもたらしたが、籠手に固定されている盾は手から落とされることはなかった。

伸びきった大蛇《サーペント》の身体は、縮まった状態よりも皮膚と鱗が薄くなる。

攻撃時の一瞬の隙を逃さず、ノードは痛烈な逆撃《カウンター》の一撃を繰り出した。

受け流した時に、腕に引っ張られるように半回転した身体を、たたらを踏まないよう、逆に一歩軸足で踏み込んだ。足の力が腰へと伝わり、そしてその腰の回転が遠心力として利き手で握った剣の尖端へと凝縮される。

疾風の速さで振り下ろされた一撃は、ノード自身の力と大蛇《サーペント》の力の一部とを合算させた破壊力を生み出した。

ズルッ、と堅固な鱗と分厚い皮膚を鋼の刃が切り裂き、その内側の筋繊維をズタズタに引き裂く。微かな抵抗は、恐らく蛇の骨だろう。感触からいって、内臓まで届いた。

大蛇《サーペント》の悲鳴が沼地に木霊する。

大蛇《サーペント》は痛みに身体をくねらせた後に、苦しみを何倍にしてでもお返ししてやらんと憤怒に満ちた形相でノードを睨み付ける。

「シャーッ!!」

二股に分かれた舌先が特徴的な、蛇の顎を大口に開けて再び大蛇《サーペント》がノードに襲いかかる。

ノードは大蛇《サーペント》の身体から剣を引き抜いた後に、剣の血を振り払うように後方へ振り払い、盾をしかと構えた。

しかしその腕はまだビリビリと痺れており、力が入らない。

もう一度受け流そうとしても難しいだろう。

だが、果たして大蛇《サーペント》は、その大口でノードを飲み込むことはなかった。

代わりに横合いから小袋が、大蛇《サーペント》の顎へと投げつけられる。

痛みと怒りに我を忘れた大蛇《サーペント》は、視界が狭くなっており、普段ならば気が付けたその投擲に気が付けなかった。

次いで、小袋の後ろから飛来した光るもの——日の光を反射して煌めいた短刀の刃が、小袋を切り裂いた。

小袋はその中身を盛大にぶちまけ、そしてそれは至近距離にあった大蛇《サーペント》へと降りかかる。

「――ギシャアアア！！？」

突然訪れた異常な感覚。

鋭敏な嗅覚器官から伝わる暴力的な刺激に、大蛇《サーペント》は恐慌状態に陥る。

グネグネと、苦しみから逃れようとその身をくねらせる大蛇《サーペント》の先端を上空から飛来した槍が貫いた。

ノードの身体を踏み台に、上空へと躍り出たエルザの跳躍からの一撃である。

落下速度を加算したその威力は、見事な狙いで大蛇《サーペント》の顔を貫き、そして地面に縫い付けた。

だが、蛇の生命力は頭を落とすまで油断できない。

「「「――ジニアスッ!!」」」

「任せろッ！」

タイミング良く、ノード、エルザ、シノの三人の声が重なった。それに応えるよう、勢い良くジニアスが声を上げる。

「――――はあぁッ!!」

気合一閃。

ジニアスの一撃は大蛇《サーペント》の頸部をすり抜けるが如く切り裂き、鮮やかにその頭部と胴部を切り離した。

残心を取りながら、ジニアスは剣を構えたまま大蛇《サーペント》の様子を窺った。

ピクピクと、痙攣するように暴れていた身体は暫くすると動きを弱め、やがて完全に動きを停止させた。

それを見て、ようやくジニアスは剣の血を拭ってから納刀した。

「よーやっく終わったか！」

シノが喜びの声を上げる。よっし剝ぎ取りだ！　と続ける。

ぞろぞろと、戦闘終結を迎えたノードたち一行が、大蛇《サーペント》を中心に取り囲むように集結した。

「いやー不意を突かれたときはどうなるかと思ったよ」

とどめの一撃《ラストアタック》を放ったジニアスが、大蛇《サーペント》の死体を前にして戦闘開始時のことを振り返る。

そう、沼地での依頼を手早く済ませたノードたちは、その第一の目標であった水晶花を入手するべく沼地奥へと歩を進めた。

その先で、水晶花の繁花する姿が見えた。辺り一面に広がるピンク色の水晶花に、一瞬目が奪われたノード一行。

これまでが順調に進み過ぎていたのが油断に繫がったのか、或いはとてつもない不幸《ファンブル》に見舞われたのか、その一瞬に、周囲の葦林に潜んでいた大蛇《サーペント》が襲いかかった。

それに最初に気が付いたのも、シノだった。

「何かいるぞ！」

そう叫んだ彼の警告で、ギリギリ対処できたノードたちだったが、よりにもよってその敵が、大蛇《サーペント》――しかも普通の倍近い大きさの個体だったものであるから、奇襲を受けてからも苦戦が続いた。

なんとか態勢を立て直し、連携を取れるよう陣形を組んだ後は、冒頭の流れである。

「ふう……しかし、誰か一人欠けていても危なかったな」

「いや、本当にね」「不意打ちに気付けず悪い」「いや、むしろあれは早かったわよ」

「ナイスな連携だった」「腕上げたな」「互いにな」

わいわいと、戦闘を振り返り会話をしながら、手を動かす。

あっという間に、大蛇《サーペント》は解体され、無事な箇所の素材が集められた。

ジニアスたちとは暫く冒険を共にしていなかったが、その間に彼らは大きく腕を上げていたらしい。ジニアスの剣の冴えには一段と磨きがかかり、シノは斥候《レンジャー》の技能だけでなく解体術の技能を身に付けていたらしい。

次々と解体され、大蛇《サーペント》から得られていく素材は、ノードとエルザだけでは手に入らなかっただろう物も多数あった。

「よぉおし～、これで解体は終わりだ」

「ということはとうとう本命ですわね」

大蛇《サーペント》の剝ぎ取り素材《ドロップアイテム》を背嚢に入れ、パンパンになったそれを皆で運べるようにした後、とうとう

沼地に来た最大の目的を達成するときがきた。

目の前には、秋の季節にその色を変える、水晶花がピンク色の花弁を美しく咲かせていた。

「ジニアス」

「……うん、ありがとう」

ノードがジニアスを促すと、ジニアスはそっと膝を折り、足許に咲き誇る水晶花を、大事そうに摘み取った。

§

帰路では、馬車にたんまりと積まれた依頼品や剝ぎ取り素材に笑みを浮かべた一同の姿があった。

野営地では、シノの熟練の業によって調理された大蛇《サーペント》料理が振る舞われ、精神的にも肉体的にも満足感を得ながら王都へと戻った一行であった。

王都では、ノードをはじめ、シノとジニアスも必要な素材を得た後、精算した報酬を各自受け取り解散となった。

ジニアスにはその後にもう一つ冒険《クエスト》が待ち受けていたが、そこに首を突っ込む愚か者はいなかった。

後日、ギルドでジニアスの徒党《パーティー》を見かけたとき、リーダーと癒し手の間の距離は、以前見かけたときよりも近かった。

16　港町

ノードの新しい鎧を作るための素材の内、大蛇《サーペント》の素材と毒蛇《ヴァイパー》の素材は集まった。

残りは水魚の鱗と魚竜の甲鱗である。

「水魚は分かるけど魚竜の素材なんて集められるの？」

ギルド併設の酒場で何時ものように食事と酒精《エール》を楽しむエルザが疑問を呈した。

ノードはその疑問はもっともだというように頷いた。

水魚とは海に棲息する、文字通り魚の魔物である。

大きさは人間の子供ほどもあり、全身をびっしりと覆う鱗は硬く、大きな口には鋭い鋸状の歯が生え揃っている。

獰猛な肉食魚でもあり、一度海で襲われると被害は免れない。

だが、一方でこの魔物は大変美味で知られていた。

鱗の下には、肉厚な味の濃い白身が詰まっていて、その食感は弾力があってまるで魚というよりは牛や豚に近いという。それでいて、しつこくない脂の旨味が味わえる上に、一匹あたりかなりの量が取れるという優良な獲物なのだ。

それ故、ハミル王国南部の港からは、この季節は脂の乗った水魚を求めて数多の漁船が海に出る。ノードは水魚の鱗を集めるために、その船に同乗する予定であった。水魚は釣り上げた船の上でも暴れるため、戦闘要員として冒険者が雇われるのだ。

報酬は並といったところだが、追加で釣り上げた水魚の賄いが出るため、駆け出しから中級者までの幅広い冒険者たちに人気の依頼だった。

それに水魚は力が強いため、臨時雇いの漁師代わりに釣りが出来るのだ。肉食魚である水魚は食い付きが良く、次から次へと釣り上げられるため、レジャーとしても人気だ。まあ、船上で嚙みつかれて痛い目を見るまでが一セットなのだが。

そしてその大型の身体が生み出す抵抗といったら、竿ごと海に引き摺り込まれそうになるくらいであり、釣り人には堪らない獲物で、

「はいはい、貴方の釣り好きは分かったわよ。水魚の方は問題ないとして魚竜の方はどうなのよ」

ノードが水魚釣りが如何に奥深いか熱く語ろうとしたところでエルザに腰を折られてしまう。ノードは仕方なしに、話を飛ばして魚竜についての話題に切り替えた。

魚竜は水棲の大型の魔物で、分類として亜竜《レッサードラゴン》ではなく、魚だ。

ただしその大きさは比較対象が〝鯨〟になるくらいであり、大型船でもないと、船ごと沈められるという被害がでる程である。

僭称ではあるが、『竜』と呼ばれるだけあってその戦闘力も高い。

冒険者ギルドの規定では、魚竜の討伐依頼は赤銅級《ブロンズ》冒険者以上となっている。当然、今のノードたちでは太刀打ちが出来ない。

そのため、鱗鎧《スケイルアーマー》に必要な素材の内、魚竜の甲鱗に関しては金属でも代用が可能であるとは伝えられていた。

とはいえ上位の魔物である魚竜の素材を装甲に据えれば、防御性能は格段に高まるに違いなかった。

「いや、だからその魚竜の素材をどうやって手に入れるのよ」

エルザの疑問ももっともである。そしてその問いに、ノードは迷いなく答えた。

「釣る」

「いや、だからその後どうやって倒すのかを……」

「釣るのは蛸だ」

「？？？」

意味が分からない。そんな表情を貼り付けたエルザにノードが説明をする。

箱蛸《ボックスオクト》と呼ばれる蛸がいる。

水棲系の魔物であり大人ほどの体長がある蛸なのだが、脅威は高くない。玉石級《ストーン》冒険者であるノードとエルザならば討伐は容易だ。

特に素材としても有用ではなく、肉は弾力の強い独特の食感があり食材としても好みが分かれる。食通が好んで食するほかは漁村で食べられるくらいである。

だが一方で、この箱蛸《ボックスオクト》は依頼、生活、娯楽、目的に問わず釣り人には人気の獲物だった。

理由はその名前にも冠している〝箱〟にあった。

箱蛸《ボックスオクト》はその生態として背中に〝箱〟を背負う。これは外敵から身を守るための鎧でもあり、そして箱蛸《ボックスオクト》の住み処ともなる。

大人ほどの体長がある箱蛸《ボックスオクト》の身体が入るその〝箱〟の中には、海底に落ちている様々なものが〝箱〟の素材とすべく入っているのだ。

蛸が素材と認識するものは様々だが、基本的に堅い物を集めているらしく、貝殻や石ころ、魚の骨などが多い。

だが時折、難破船の持ち物でも拾ったのか、貨幣などの人間の持ち物も拾っていたりする。金塊が入っていたという話もあるくらいだ。

そして魚竜に関してだが、魚竜は成長と共に、その身に纏う堅固な鱗を〝脱皮〟する習性があった。この生態により、魚竜は魚ではなく蛇ではないかと推測する学説があるらしいのだが、ノードはその辺りには興味がなかった。（釣り方には興味があったが）

その脱皮した鱗も海底に落ちているため、漁船の網に引っ掛かることや箱蛸《ボックスオクト》の家に入っていることがあり、運が良ければ下位冒険者でも入手できる素材として密かに有名だった。（釣り人限定）

「へー、まるで宝箱《トレジャーボックス》ね」

先程に比べ興味が湧いてきたらしいエルザが面白いという表情を浮かべてそう呟く。彼女もやはり冒険者だ、こういう話題が楽しいのだろう。

然もありなん。ノードは深く頷いた。

エルザと同じような感想を抱く人間が多かったのだろう。

今では箱蛸《ボックスオクト》はこう呼ばれていた。

『宝蛸《たからだこ》』と。

§

「私も行くわ！」

水魚にしろ宝蛸にしろ、釣ることが出来るのは海である。

ゆえに、ノードはハミル王国南の港町まで遠征する必要があったのだが、素材集めとはいえやることは『釣り』である。

ノードならば喜び勇んで参加するが、釣りに興味が無さそうなエルザが一緒に来てくれるかは不安なところだった。

だが、エルザも宝蛸には興味があるらしく、無事に同行してくれることになった。

数日後、二人は港町までの移動のついでに護衛依頼を引き受けていた。

「冒険者さん、宜しくお願いします」

依頼者は若手の商人で、行商の仕入れに出向くのだという。

荷台には港町で売り捌く予定の商品が積まれており、ノードとエルザを含め、あと二人の冒険者が護衛のために乗り込むと馬車の荷台はすっかり狭くなってしまった。

護衛の他の二人も同じように玉石級冒険者《ストーン》だった。王国から港町までは主要街道で繋がっており、定期的な巡回もしているので、護衛代は安くて良いとの判断なのだろう。

実際に依頼報酬も道中の食事代を差し引けば、殆ど手元には残らない額で、普通なら到底依頼を請けて貰えない額だった。

しかしノードたちのように、別の町に移動する冒険者には馬車代が無料《タダ》になる利点があるので、主要な街間でならこういった護衛依頼は多い。

高価な品を積んでいればその限りではないが、年齢や身形から察するに日用品の類いを運んでいるに違いなかった。

そして道中では、予想通り何者にも襲撃を受けることはなかった。ただ何処までも続くように見える一本の石畳の道と、時折行き交う馬車や徒歩で移動する者の姿を眺めながら、ひたすらに石畳の上で奏でる車輪の音と馬車の揺れに身を委ねた。

存在しない敵襲よりも余程暇の方が手強いとはエルザの言だが、ノードもそれに同意だった。

しかし何はともあれ港町に到着である。

「海だなぁ」

「海だねぇ」

潮風に出迎えられた二人は、同じ感想を抱いた。

港町はその名前をエルスとしていた。ポート・エルスだ。

ポート・エルスには華やかな造りの建物が並んでいた。

赤い煉瓦《レンガ》造りの建物や、漆喰を塗り固めた家である。屋上は平たくなっており、そこに洗濯物などを干している家が多い。

海側には整備された港があり様々な国の旗を掲げた大型船が行き交っている。

街の外れ、海側に突き出た半島状の崖の上には、大きな塔が建っていた。灯台だろう。

「お疲れ様、何も起きなくて良かったよ」

依頼者から達成の印を依頼書に貰い、ノードとエルザは冒険者ギルドに向かった。

普通の依頼とは異なり、護衛依頼は依頼元の街ではなく依頼先の街で報酬を受け取るのだ。

港町の冒険者ギルドは、街の規模が大きいから、王都の建物と同じくらい広かった。

王都と違い、石造りの建物だったがこれは潮風に晒されるからだろうか。

外見が違えど、冒険者ギルドの紋章は同じだ。

目立つ所に掲げられたその看板を頼りに、建物を探し当てたノードとエルザはギルドの中へと入っていった。

内装は、王都の冒険者ギルドとは少し異なっていた。

帳場《カウンター》の辺りは似通っているが、酒場の様子が異国情緒を匂わせた。

陽が高いうちから酒場は盛り上がっており、そこに出されている料理は見たこともないものが多く、ノードの好奇心と胃袋を刺激した。

興味を酒場の方に引かれながらも、依頼の達成報告を済ませたノードとエルザは報酬を分けた後に依頼掲示板《クエストボード》に向かった。

依頼掲示板《クエストボード》の依頼は、港町だけあって、特殊なものが多い。

交易船の護衛や海獣の討伐などは、地域による特殊な依頼だろう。

「どんな依頼を受けるの？」

狙いは宝蛸だが、空振りに終わる可能性もある。

無駄足に終わらせないように、目的のついでに依頼を請けておくのは、冒険者としての嗜みだ。

エルザの質問に対して、ノードは依頼書の中にある一枚に手を伸ばした。

§

ノードが提示したのは、漁船の乗組員の依頼だ。

漁業ギルドから出ている依頼で、水魚を捕獲する漁船の乗組員として働くという内容だ。仕事は釣りと水魚が襲ってきた場合に戦うことが求められる。

エルザの同意も得られたので、そのまま帳場《カウンター》で依頼を請けると、漁業ギルドで説明を受けるよう指示された。

指示された場所に向かう途中、活気のある街中を通ると、威勢の良い掛け声が聞こえる。立ち並ぶ店の商人たちが、道行く人に呼び込みを掛けているのだ。

「舶来品の酒があるよ！　外国で大人気の品だ!!」「見てくれこの鋭さ、東の果ての国の名刀だよ」「そこの御姉さん、この髪飾りあんたに似合うよ」

冒険者や商人、地元の主婦など色んな人が店の品を購入している。人の通りは激しく、その騒がしさは王都よりも激しいように思えた。

四方八方から聞こえる声が混ざりあった街の喧騒を背に、石畳の通りを進むと、説明された漁業ギルドの場所についた。

どうやら街外れから見えた赤煉瓦の建物がそうだったらしく、船に乗った漁師が魚を網で引き上げている図を象った紋章の看板が見えた。

建物に入ると、冒険者ギルドほどではないがここも騒がしい。

ガヤガヤと騒ぐのは海の人間の性質かも知れなかった。

「依頼を請けたんだが」

帳場《カウンター》でそう告げると、手続きが始まった。

説明によると、指定された漁船に乗り込み船員として働いて、漁船はその日に港へ戻るので、再びここで手続きを済ませば一日分の日当が貰えるという流れだ。

釣果など、ノルマがあり下回ると依頼報酬が減るので注意だそうだ。規定量以上は船主が買い取ってくれるらしい。実質的な歩合制だ。

ノードには水魚の鱗が必要なので、その旨を相談すると、ノルマを超えた分を譲って貰えばいいそうだ。さらに、水魚以外の獲物が釣れたらどうなるか聞いたが、そちらも自由にして良いとのことであった。

直ぐに答えが返ってきたところを見ると、似たような目的で参加する冒険者も多いのだろう。

§

船上では、エルザは釣りに戦闘にと大活躍であった。

初めは釣り餌をおっかなびっくり扱っていたエルザだったが、直ぐに慣れると、水魚を釣り上げ、暴れる水魚に止めを刺し、魚槽に放り込んでいった。

魚槽は上がった魚を入れる船の設備で、釣り上げた魚が傷まないように、低温で保存できる魔道具が設置されているらしい。

エルザは初めてだとは思えない勢いで水魚を次々と釣り上げていった。このままならばノルマもあっという間にこなし、超過報酬《ボーナス》も狙えるだろう。

周りの冒険者が目を丸くするような勢いであり、槍と釣竿の扱いには何か共通するものがあるのかも知れなかった。

一方、それに負けないどころか、もはや異常なペースで釣り上げているのがノードだった。

幼少から剣と同じくらい釣竿を振り続けていたノードの釣りの技術は、若くして練達の域に入り込んでいる。

糸を垂らして五秒とかからず反応があり、無駄の無い無駄に洗練された動きで竿を振り上げると、水中から水魚が飛び出す。

これまた腰に下げた剣を船上という不安定な足場でありながら、自在に操り、水魚の息の根を止める。

流れるような動きで魚槽に水魚を放り込むと、いつの間にか餌をつけた釣竿を海面に垂らす。

それを数時間も続けると、みるみる内に魚槽が埋まっていった。

自分の魚槽が満杯になってしまったので、船員に指示を仰ぐと、ポカンとされた。そんなことは想定されていないらしい。

船員が船長に取り次ぐと、別の場所で釣って貰えと言われたため、急遽ノードだけ別の場所へと移った。

そして、その魚槽もある程度埋まった頃である。

グッ、ググッ
ノードの釣竿に、水魚の物とは異なる別種の手応えがあった。

途中から、狙いを箱蛸《ボックスオクト》に変更したノードは、釣糸を垂らす深さや、針につける餌をこっそり変更しており（餌は自分で持ち込んでいた）、肉食である水魚はその餌にも食いついていたものの、大分釣り上げるペースが落ちた頃であった。

（――来たな！）

直感的に、ノードはそれが箱蛸《ボックスオクト》だと分かった。

箱蛸《ボックスオクト》は、水魚と違い直ぐに餌に食いついたりしない。まずは八本ある触腕で様子を確かめ、それから食いつくのだ。

グッ……グッ……

（――まだだ、これは様子見だ、焦るな……焦るな……）

竿から手に伝わる感触に、全神経を集中する。

潮騒や船が波に揺れる音、周りの冒険者や船員の存在。

それらが意識から消え失せ、ノードと釣竿が一つになった感覚を覚える。

極限の集中力を発揮したノードには、もはや己と海底にいるであろう箱蛸《ボックスオクト》の存在だけが認知されていた。

グッ……グ…………ググッ

（――!!　今ッ！）

一瞬抵抗が緩み、規則的な抵抗が止んだと思いきや、次に強い抵抗。箱蛸《ボックスオクト》が食いついたのだ。

「うおぉっ!!」

竿越しに、凄まじい力が伝わる。人ほどの大きさに自らの家までを持つ箱蛸《ボックスオクト》は重い。

強い引張力《テンション》が釣り糸に掛かる。

水中で箱蛸《ボックスオクト》が暴れているのだろう。

右に左に俄に動き回る釣糸の動き、そして激闘を繰り広げるノードの様子に、船員たちが気付いた。

――大物が掛かったのか！

先程までのノードの凄まじいまでの釣りの腕前に、船長以下の船員たちはノードを名誉海の男として認めていた。

そのノードが、釣りの達人が何を釣り上げるのか。興味深々な船員たちであった。

少しずつ、抵抗が弱まる。ノードの絶技により、竿と釣糸そして釣り針は外れることなく、獲物の体力だけを消耗させることに成功していた。

最早海底深く潜れる体力が無いのだろう。

少しずつ巻き上げられる釣糸に従い、箱蛸《ボックスオクト》の形が海水越しに見えてくる。

「――宝蛸だ!!」

いつの間にかノードの周りに集まっていた船員《ギャラリー》――当然サボりだが船長は黙認――の一人が、獲物の正体に気が付き声を上げる。

わあっ！

他の船員や宝蛸について知っている冒険者も、そうだと分かり歓声を上げる。

一攫千金のチャンスとも言われる宝蛸は、海の男なら是非とも狙いたい獲物だ。

「――よいしょぉっ!!」

ノードの掛け声と共に、釣竿が勢い良く振り上げられ、海面から影が飛び出す。

船の上にドサリ、と姿を現したのは、大きな蛸の姿に背中に背負った箱状の殻。紛れもない宝蛸だった。

うねうねと触腕をうねらせる蛸の命運は、もはや残されていなかった。

§

その後、ノードとエルザは王都への帰路に就いていた。

再び護衛の依頼を請け、馬車の荷台に乗りながらの移動である。

依頼主は往路とは別の商人で、何台もの馬車の護衛である。ノードも知る王都に店を構える大店の依頼であり、高価なものを積んでいるのか護衛も多い。

その馬車の内の一台にノードは荷物を載せていた。報酬を減額する代わりに、空いたスペースに荷物を載せて貰うのである。

そこには三つの袋があった。一つ目の一番小さな袋は水魚の鱗が入っている袋である。

釣りの依頼では、見事大成功を収めたノードとエルザであり、船長からは直々にもう何日か依頼を受けてくれないかと指名されるほどであった。

ノードはやる気を見せたのだが、エルザは一度の依頼で釣りを満喫しきったらしく、仕方なしにその申し出を固辞することにした。

「またよかったら依頼を請けてくれ」帰り際の船長の言葉は決してリップサービスではなかっただろう。

そしてもう一つが魚竜の甲鱗だ。

大きな麻袋から端がはみ出しているそれは、かなり老齢な個体が脱皮したものだったのだろう。分厚く、そして年輪のように細かい層が出来たそれは、深い青色に輝いている。

見事狙い通り宝蛸の家から入手したそれは、十分な大きさを持っている。

全て揃った素材と合わせ、王都の武具店で頼もしい防具へと生まれ変わるだろう。

そして最後に、その魚竜の甲鱗よりは小さいノードの胴体位の大きさの袋である。

中には拳大の石塊がごろごろ入っている。それらは翠色に輝いており、宝石のようにも見える。

宝蛸の家の中から入手したそれは、翠玉鉱《ジェドライト》と呼ばれる金属を含む鉱石だった。

一瞬宝石が入っていたのかと驚いたノードとエルザ及び、観客《ギャラリー》その他であったが、違うと気が付いて周りにはガッカリされた。

しかし翠玉鉱から精製できる翠玉鉱《ジェドライト》は、硬く鋭い性質を示す優秀な金属である。

金塊や宝石を期待していた観客たちとは違い、優秀な武器が手に入る可能性が出てきたノードとエルザにとっては、今回の冒険は大成功に終わったのである。

17　日常

王都に帰還したノードは、報告を手早く済ませ武具店へと足早に移動した。

冒険者としての生を歩みはじめてから、幾度となく通った武器店では、ノードは顔馴染みの客になっていた。

ガランガランと、武具店の木製の扉につけられた、来客を知らせる鈴が派手に音を立てる。

その音を聴き店の奥から出てきた店主は、ノードの顔を認識すると何時もの態度で接客してくる。

「なんだ？　何か用か」

客に向かって相変わらずの無愛想な言い種《ぐさ》である。

店主が文字を習った際、使った辞書には『接客』の二文字が無かったに違いない。そう信じているノードは気にすることなく用件を告げた。

「こっちが指定の素材で、あとこれを見てくれ」

「あん？」

ノードが机《カウンター》の上に三つの袋を置いた。

うち二つ、事前に依頼していた鎧の素材とは別に、追加の袋を差し出す。

素材の具合を確かめようとしていた店主の親爺は、一体何だと怪訝な声を上げる。

その袋の中身を覗いた親爺は、一目でその正体を把握した。

「ふん……翠玉鉱《ジェドライト》か」

「精製したら、どれくらいの量になる」

当然だが、武器や防具に用いる金属は鉱石のままでは使用出来ない。鉱石の中に含まれた目的の金属を炉で鋳溶かして抽出し、純度の高い金属塊《インゴット》にしてから加工するのだ。

持ち込んだ翠玉鉱《ジェドライト》石は量でいうなら一抱えもあったが、実際にどの位の量が採れるのかはノードには分からなかった。

「そうさな……実際のところはやってみなければ分からんが、まあこの品位なら一人分の武器なら充分作れるだろうよ」

店主の親爺は袋から取り出した鉱石を手に取り、重さを確かめたり回転させて表面を観察したりした後、鉱石の一つを鉄槌《ハンマー》で真っ二つに割って断面を見て、そう言った。

翠玉鉱《ジェドライト》に関しては、ノードは冒険者の掟に従いエルザと等分した内の、エルザの分の買い取りを済ませていた。

翠玉鉱《ジェドライト》石から精製される翠玉鉱《ジェドライト》は、刀剣や槍の素材として人気の素材なのだが、エルザは翠玉鉱《ジェドライト》で武器を作る機会をノードに譲っていた。

エルザは現在の槍の代替として、金属ではなく魔物由来の素材を用いた槍を造ろうと考えていたらしい。

それゆえノードに翠玉鉱《ジェドライト》を譲り、ノードの素材集めを手伝った代わりとして、次回からはエルザの狙う素材を獲るための依頼を請けることが決まっていた。

「ふむ……おい小僧、腰のものを見せてみろ」

鎧の素材の質を検品し終わった店主の親爺は、顎に蓄えた髭を弄りながら何かを考える仕草をしたのち、おもむろにそう告げた。

ノードは素直に腰に差した剣を鞘ごと引き抜き、柄の方を店主の親爺に差し出す。

今までにも何度か研ぎに出して扱った剣《ソレ》を、店主の親爺は改めて品定めするように眺めた。

「次の武器を考えてるなら、この剣を強化したらどうだ」

今回の冒険では然程出番は無かったが、そろそろまた研ぎに出すか。そんなことを待っている間に考えていたノードは、店主の親爺の言葉に虚を突かれた。

ノードとしては、普通に翠玉鉱《ジェドライト》製の新しい武器を作るという考えしか無かったからである。

鞘に剣を戻しながら、店主の親爺は言葉を続ける。

「前に研磨《メンテナンス》したときにも思ったが、この剣は結構しっかりした造りだ。刃金こそ凡百な素材だが、打った奴の腕は決して悪くねぇ」

まあ、俺ほどじゃねえがな。

そう締めた親爺がノードに剣を返した。受け取ったそれを腰に再び差しながら、ノードはこの剣を買ったときのことを思い出していた。

今よりもまだ少し幼い頃だ。騎士を目指すであろう武家の子弟であるノードは、当然剣の手解きを師である父親から受けていた。

そしてあるとき、自分の剣を持ってもいい頃だと小遣いを貰ったのだ。剣は自分で選べ、武具の目利きも腕の内だと言われて、ノードは剣を買いに武具店へと赴いた。

そのときはまだ、今よりも片手ほど弟妹の数が少なかったために、そのような仕儀になったが、やはり当時もフェリス家は貧乏だ。手渡された貨幣の数は少なく、数打ちの安物か、弟子の習作が手に入るかという金額でしかなかった。

帳場《カウンター》にいた店の者に、剣が欲しいと掌に乗せた小銭を見せると、その店員は黙って店の隅へと指を指したものだ。

そこには乱雑に剣や槍が突っ込まれた樽が並んでいた。

二束三文で売られている刀剣の中から、幼いノードは一生懸命に一番良いものを選ぼうと目利きに励んだ。

小一時間、店員がノードの存在を半ば忘れかけた頃に、ノードは一本の剣を見出した。

まじまじと、鞘から抜き出した剣身を眺めた。

その剣は他のものと比べて明らかに出来が違うと感じた。

たしかに、見た目は派手ではないし柄や拵《こしら》えも安っぽいが、鈍く煌めく刃を見て、物が違うと感じた。

店員に声を掛けると、興味無さげに会計を済ませたので、ノードは店員の気が変わらないうちに足早に家へ帰った。

後日の訓練で、父親に悪くない剣だと誉められたのを覚えている。

それから既に何年も経っている。

当時のノードには大剣《グレートソード》程に大きく感じられたものだが、今や盾を構えて片手で振るうのに丁度良い長さだった。

で、どうするんだ。

店主の親爺の問いかけに、ノードは二つ返事で剣の強化を依頼した。

§

鎧の作成と剣の強化を依頼したノードは、ぶらりと久しぶりに王都の街を練り歩いていた。

「手ぶらでは腰が寂しかろう」と代用の剣を借り受けていたが、残念ながら弟子が作ったというその造りは、お世辞にも出来が良いとは言えなかった。

鞘から少しだけ抜いてみたノードは、直ぐにそれが鈍《なまくら》だと分かった。護身ならばともかく魔物との戦闘をするには心許なかった。

故に装備が出来上がるまで、暫くは本格的な依頼を請けるのを避けて、王都周辺で自分の飯代だけを稼ごうとノードは割り切っていた。今も適当な依頼を達成して報酬を受け取った後だ。夕方間近の中途半端な時刻だったので、連続で他の依頼を請けるのは止めておいた。夜になれば城壁の外に閉め出されてしまうからだ。

幸い、港での釣り依頼は大成功に終わっていたので、超過報酬《ボーナス》を支給され、装備の代金を支払ってもまだ余裕がある。

（お、この櫛いいな、リリアに似合いそうだ）

そんなノードが現在何をしているかといえば、商店通りで店先の商品を眺めていた。買う気はないので冷やかし《ウインドウショッピング》である。正確には、弟妹たちへお土産などを買ってやりたいという気持ちは強いのだが、生憎とそこまでの余分な金は無かった。

とはいえ、

（……何時かは買ってやりたいものだ）

ノードが冒険者になってから、早くも半年以上が経過していた。季節も巡り、そろそろ冬になろうとしている。

それまでの時間を、ノードは全力で駆け抜けていた。

休みなく働き、無駄な金は使わない。

使うのは、全て装備や消耗品といった投資であり、それ以外は全て家計に入れていた。年頃であるノードの同世代の冒険者は、もっと色や恋、そして旨い飯や遊びに精と金を注いでいる。

それに比べたらノードの生活は余りにも質実剛健《ストイック》だった。

だがそのお陰か、冒険者としてのノードは、ようやっと水晶級《クリスタル》冒険者へ挑戦しようという段階でしかないにも拘わらず、最近は余裕が出てきたように思う。

相変わらずフェリス家の家計は火の車だし、岩狼《ロックウルフ》の討伐以降も時折、ノードはアレクから金策の相談を受けていた。

しかし新たな借金を重ねることは無いし、僅かだが家計は黒字に転じていた。

水晶級《クリスタル》冒険者に昇格すれば、更に収入は増えるし、そうすればやがて家の借金も減っていくだろう。

（アレクたちにも苦労させているからな、給料も増やしてやらないと……）

貴族の家に仕える使用人を取りまとめ、家の諸事を取り仕切る家令は、幅広い知識と高度な判断力を要する専門職である。

職種こそ違えど、仮に商家などであれば番頭や店主は軽く務まる優秀な人間にしか出来ない仕事であり、長年フェリス家に仕えるアレクなどは、本来厚遇をもって迎えられるべき存在だ。

しかしアレクは、家計が火の車であるフェリス家の事情を考え、敢えて自らの給与を最低に設定して家計の支出を抑えるようにしている。

満足に給与も払えないフェリス家を見限り、別の家で仕事をすることも許されるのに、アレクは職責を超えた忠誠心をフェリス家に示してくれていた。

そしてそれは他の使用人もそうだった。（メイドは当主の愛人であるという事情もあるが）

正規の、本来与えられるべき待遇を彼らに与えることも、ノードが冒険者として稼いでいけば充分に可能だろう。

他にも、貴族の子弟とは思えないような着古しの服を着た弟妹たち。特に三つ下の、年頃の少女であるリリアなどには、もっと美しく着飾る権利があるとノードは思っていた。

髪飾り、新品の衣服、美味しい食べ物。

王都の街中で石畳の道を歩きながら、ノードは夕刻の店じまい間近の賑わいを見せる道を、家族たちの顔を思い浮かべながら歩いた。

§

（……そろそろ帰るか）

日も大分傾き、王都の街並みは夕焼け色に染まっていた。

一般的な冒険者であれば、ギルドの酒場で一杯やって（大抵は稼ぎを吹き飛ばす勢いへと増していく）楽しもうかと算段をつける頃だが、ノードは無駄遣いは避けていた。

ゆえに直でフェリスの邸宅に帰り、夕食の時間になるまで自室で武具の手入れでもするか、あるいは弟妹に構って遊んでやるのが常であった。

この日も、誘惑を振り切って早めに帰ろうと家路を歩いていた。

（……ん？）

その途中である。

ノードにしては珍しく街中で遊んでいたため（金は小銅貨一枚とて使わなかったが）常とは異なる道程で帰路に就いていた。

偶々、その岐路《ルート》は王城に近い場所を通るところだった。

王都には外から引いている川が流れている。その川がどこを通るかと言えば当然街中であり、王都にはそれを利用した施設なども存在する。

中には民の憩いの場として愛されている場所もあり、ノードが通りがかったのも、そのうちの一つであった。

秋も深くなってきたが、夏場などは水気による涼を求めて人気のスポットである。

そこに、遠目ながら視界の中に見知った人物の影を認めた。

「……姉上？」

斥候《レンジャー》や弓手《アーチャー》ほどではないが、冒険者として危険を一早く察知するよう五感を研ぎ澄ましているノードの視力は高い部類にある。

その視力で視界の端に捉えたのは、ノードの姉であるハンナの姿だった。

フェリス家の二番目の子弟、長女である彼女は現在他の貴族家でメイドとして仕事を得ていた。

今もその身に白黒の清潔な印象を与えるメイド服を身に着けていた。

王都では数多くの貴族や商人などが住んでいるため、街中でメイドや執事といった使用人に出会《でくわ》すことは別段珍しいことではない。

それゆえハンナ姉が外にいるのは可笑しなことではないはずなのだが。

（…………ふむ？）

どうやら、誰かと話をしているらしい。

相手はノードの場所からは、木が邪魔して窺い知れなかった。

姉と分かっても、遠くゆえ表情までは具に観察出来たわけでもない。ノードのいる場所までは風に乗っても声も届かず、聞こえることはなかった。

（面倒事《トラブル》では無さそうだな）

家族としての贔屓目を除いても、姉のハンナは大層な美人である。金色の波打つ髪を腰まで伸ばした鼻筋通る整った容姿をしており、外見だけでなく貴族令嬢としての確かな教養に基づく美しい振る舞いをするハンナは、弟であるノードにもそれはそれは自慢の姉だった。

もしも破落戸《ゴロツキ》の類いに絡まれでもしているのならば、その相手には産まれてきたことを後悔させてやろう。

腰の剣が鈍であることも忘れて内心息巻くノードだったが、どうやら知り合いと話をしているだけであるのを理解すると、一人安心して家路を再び歩くことにした。

§

フェリス家では、何時ものように家族の団欒が行われていた。

邸宅の一階、広間の階段の横にある食堂は、客人を招いての宴会《パーティー》も行えるよう設計された広い空間《スペース》をもつ。

その食堂に置かれた大食卓《テーブル》は、二十人からが座れる大きさがある。

両親合わせると十四人家族であるフェリス家では、平時からその大食卓《テーブル》に据え付けられた椅子の大半が埋まっていた。

部屋の奥、上座には当主である父親のアルバートが、そしてその横には母――正妻であるマリアが座っている。

そこからは年齢順に並ぶのが普通の仕儀なのだが、フェリス家は小さい弟妹が多いので、大きい者が食事の面倒などを見られるようバラけて座っていた。

調度品こそ非常に少ないものの、食事をするには何の問題もない部屋に食事の音が響く。

冒険者たちが酒場でガヤガヤと騒ぐほどではないが、フェリスの家でも家族が互いに話をしたりすれば、人数が多いので自然と賑やかになる。

ノードは弟のエレンと妹のヘレナを両隣に、挟まれるようにして座っていた。自分の食事を少し食べ、弟と妹の面倒を見ながら、溢しそうになったり、マナーの悪い行動をすれば優しく矯正したりしている。

今も妹のヘレナが、口を迎えるようにしてスープを啜ろうとしていたので、きちんと匙を口許に持ってくるよう教え直していた。ヘレナは「はい兄さま」と舌ったらずに返事をしながら、言われたようにスープを食している。

その姿をノードは優しい眼差しで眺めながら自分の食事を取った。

今でこそ貴族のマナーを確りと身に付けているノードだが、小さな頃はかなり悪童《やんちゃ》だった。

そんなノードに、優しく面倒を見てくれていたのが四つ上の姉のハンナだった。

「ああ、そういえば」

フェリス家では食事中にも会話を普通に行う。勿論口に物を入れたまま話したり下品な行動は慎むが、家族同士の関わり合い《コミュニケーション》を大事にしているため、むしろ一堂に会する食事の時間には会話が推奨されているのだ。

現に今も、父親のアルバートと長兄のアルビレオが『軍が竜騎士の数をさらに拡大しようとしている』といった話題を口にしている。そして、アルバートが兄に対して『出世の機会だぞ！』と檄を飛ばしていた。

ハミル王国は東西南北のそれぞれの大領主が核となって編成される各地方騎士団に加え、王国が保有する戦力として『近衛騎士団』『ハミル王国騎士団』そして『鉄竜騎士団』が存在している。

『近衛騎士団』は王家の直轄戦力として護衛任務に就くのが主任務で、ハミル王国騎士団などから腕の立つ貴族を抜擢して編成されている。

『ハミル王国騎士団』はその名の通り国軍として編成されるハミル王国で最大規模を誇る騎士団であり、フェリス家のような武家に中央周辺の領地持ち貴族、そして『軍学校』とよばれる騎士の育成機関の卒業生らが中核となって騎士団が編成されていた。

父親のアルバートも兄のアルビレオもこのハミル王国騎士団に出仕していた。

そして最後が『鉄竜騎士団』である。

これは飛竜に騎乗する竜騎士たちで編成された騎士団であり、その人員は近衛騎士団と同じ、いやそれ以上に実力で抜擢される傾向があった。

父親のアルバートが言っているのは、飛竜の数を増やすのなら竜騎士の枠も増やされるので、そこに食い込めという話だろう。

ノードの三代前、つまりノードの曽祖父は近衛騎士団に出仕していたため、それと同じように出世を目論んでいるのだ。

近衛騎士は腕だけではなく、陛下にとって個人的に信用が出来るかという要素の方が大事だったりするので、純粋な腕だけならば鉄竜騎士団の方が望みがあるからだろう。現に曽祖父はそのときの国王陛下の学友であったから近衛になれたらしい。

「今日街中でハンナ姉さんを見かけたよ」

ノードがそう話すと皆が興味を示した。

「へえ、どうだった」

兄のアルビレオがそう聞いてくる。

ノードには敬愛する姉だが、長兄にとっては可愛い妹である。

「ハンナ姉さま元気だった!?」

妹のリリアが話題に飛びつく。ノードと同じく小さい頃から構ってくれるのは姉のハンナだったため、懐いているのだ。

「ねーさま?」

リリアより小さい弟妹たちには、誰なのかピンと来ていない者も多い。

長女のハンナは他の貴族の家でメイドとして住み込みで仕事をしているので、今では年に何回か帰ってくるに過ぎない。幼い弟妹にとっては、彼女の記憶が薄いのだろう。

「直接話したわけじゃなくて遠目に見つけただけだからね。話をしようかと思ったけど、誰かと取り込み中だったみたいだから、遠慮しておいた」

元気そうだったよ、そう最後に付け足す。

冒険者になってから、ノードは姉のハンナに一度も会っていなかった。フェリス家には顔を出していたようなのだが、運悪く依頼の遠征と被っていたのだ。

「なぁんだ」と、がっかりしたように妹のリリアが呟く。

その後も、家族の団欒は楽しく続いた。

大食卓《テーブル》の上の料理は決して豪華なものではないが、冒険者たちが酒場で食べるご馳走以上に満足したノードだった。

18 水晶級冒険者《クリスタル》

「そっちいったぞ!!」

「任せろ!」

山中にエルザの声が響いた。

と、同時に、それまでエルザが相手取っていた魔物の狙いがノードへと変化し、その巨体がノードへ肉薄する。

見た目は熊そのものだ。

全身を深い剛毛が覆い、その毛皮の下には暴力的な筋肉の塊を秘めている。

しかしその双眸は血に染まったように紅い色をしている。

『暴大熊《バーサークベアー》』の特徴だった。

暴大熊《バーサークベアー》は普段は温厚な性質を見せるが、何かの切っ掛けがあるとその目を怒りに紅く染まらせ、周囲を暴れ回る生態を持っている。

目の前の暴大熊《バーサークベアー》は、理由は知らないが眼を真っ赤に染め上げ暴れ回り、そしてその退治を冒険者ギルドに依頼された個体だった。

――バキバキッ！

暴大熊《バーサークベアー》の振り回すような豪腕の一撃を、盾を使った防御術の一種――攻勢防御《パリイ》で受け流す。

盾表面が暴大熊《バーサークベアー》の前腕に接触すると、まるでその盾の表面、流麗な鱗の上を滑ったかのように、暴大熊《バーサークベアー》の力の向きは横へと逸れる。

見当違いの向きに放たれた暴虐の一撃は、ノードの胴ほどもある枯木を容易く粉砕した。

攻撃の後には隙が出来る。それが怒りに支配された魔物の大振りであれば尚更だ。

ノードは盾で受け流すと同時に暴大熊《バーサークベアー》へと剣を振るった。

ヒュイン、と鋭く風を切り裂く音と共に、暴大熊《バーサークベアー》の身体に一筋の線が走る。

暴大熊《バーサークベアー》は怒りに支配されると体毛が針金のような硬さを持つ。その強靱な毛皮の抵抗を、ノードの振るった刃は物ともせずに切り裂いた。

翠に輝く刃を持つ翠玉鉱《ジェドライト》の剣身だ。

海底深くから宝蛸の手によりもたらされたその鋼は、ノードの愛用の剣を強化し、新たな力となってその利き腕に力強く存在感を示していた。

振り抜いた後、遅れて毛皮の下から吹き出るように血が飛び出す。

怒りに真っ赤に染まった思考の中に、痛みという新たな怒りの要因が追加されて暴大熊《バーサークベアー》がさらに勢いよく暴れ出す。

「グオオォォ――ッ!!」

地を揺るがすような大音響の雄叫びが冬枯れの山中へと木霊する。駆け出しの冒険者であれば怒声に身を竦め、怯えて動けなくなるそれを、間近で浴びたノードは微動だにしなかった。

「ふんっ!」

むしろその暴大熊《バーサークベアー》の行動を冷静に把握し、隙を見付けては果敢に攻撃を繰り出すほどだった。

「――私も忘れないでね!」

後方から、挟み込むようにしてエルザも槍の一撃を繰り出す。

「グオゥッ!?」

ギョロリ、と暴大熊《バーサークベアー》の眼が蠢き後方のエルザの姿を捉える。

もはや何に怒っているのかすら分からなくなるほどに、全身に怒りを湛えた暴大熊《バーサークベアー》が、その身を捩《よじ》るような動作を見せる。

再び狙いをエルザに定めようというのだ。

「させるか!」

ノードはその前兆を見逃すことなく盾で暴大熊《バーサークベアー》を殴り付け、剣で切り裂き、そして存在を誇示するように両腕を振り回す。

ギロリ。そのノードの行動――挑発《タウント》に更に怒りを抱いた暴大熊《バーサークベアー》は、その視線を再びノードへと定め直した。

再度ノードを攻撃し始める暴大熊《バーサークベアー》だったが、ノードはその猛攻を防ぎ、回避し、時には反撃に転じる。ノードに狙《ターゲット》いが移っているため、その間エルザは攻撃し放題だった。

怒りにより全身の毛を逆立てた暴大熊《バーサークベアー》だが、全身には手傷を負い傷口からは血を流している。怒りにより血は暫くすれば止まるが、喪った血が戻るわけではない。

——もう少しだな。

戦闘は確実に終焉へと近づいていた。

§

「——はい、これで『暴大熊討伐《バーサークベアー》』の依頼達成となります。お疲れ様でした」

王都の冒険者ギルドの帳場《カウンター》にて、ノードとエルザは依頼達成の報告を行っていた。

依頼書を提出し、戦闘で得た素材《アイテム》の精算。報酬の受け取り、そして——。

「おおっ!!」

——冒険者ギルドの職員から返却された、ノードとエルザ二人分のギルドカード。

「「これが!」」

その冒険者の情報が刻み込まれた板は、滑りのある石の素材から薄い青い色をした透明な素材——水晶《クリスタル》へと変化した物に替わっていた。

ギルドの建物内部の光でも分かるその透明感。

決して高価な素材とは言えないが、ただの石ころとは違うその質感。玉石の名の通り、価値あるものと無いものとがごちゃ混ぜになった階位《ランク》から一頭抜け出した証拠だった。

「おっ！　小僧《ぼうず》に嬢ちゃん水晶級《クリスタル》冒険者になったのか！」

その水晶級《クリスタル》冒険者の証である水晶素材のギルドカードを首から下げ、しげしげと感慨深く眺めていると、顔見知りの年長の冒険者が声を掛けてくる。

「何だって！」「やるな」「早いな…」「俺も若い頃は」

「よっしゃ！　今日は祝いだ！」

「駆け出しを抜け出した冒険者に乾杯！」

他にも、その声に反応した周囲の冒険者たち——見知った者もいれば初対面の者もいる——が次々にノードとエルザの周りに集まってくる。

驚くもの、感心するもの、自分の若い頃を勝手に懐かしむもの。各自様々な反応をした後に、誰とは無しに宴会の口実にして騒ぎ出す。

ノードとエルザの名前と共に乾杯の音頭が叫ばれ、そしてそれは直ぐに酒場の喧騒の一部に溶けて消えていった。

「やれやれ……」

「あはは……」

揉みくちゃにされたノードとエルザが漸《ようや》くといった具合で酒場のテーブルの一席に着く。

祝いごとがあれば何でも酒の肴にしてしまう冒険者たちにとって、後輩の昇格《ランクアップ》は格好のネタだった。

「自分たちで祝う暇も無かったな」

「ええ、でも悪い気はしなかったわ」

エルザのその言葉に「確かに」とノードも同意する。

子供扱いした年嵩の冒険者に頭を撫でられ、背を叩かれ、肘でド突かれ、エルザに至ってはどさくさ紛れで尻を触られ（下手人は女冒険者だった）、一騒ぎだったが、本気で祝ってくれていた。

ちゃらり、と胸元のギルドカードが鎧に当たって音を立てる。

硬質なその響は心なしか澄んだ音色に聴こえる。

「ようやく水晶級《クリスタル》冒険者になれたわね」

「ああ……」

感慨深そうなその声色に、一も二もなく同意する。

そう、自分はなんとか水晶級《クリスタル》冒険者へと昇格することが出来たのだと。

冒険者の階級は、最下位の木片級を除き、第一階位の石板級《プレート》冒険者から始まり最高位の第十階位聖宝級《レジェンド》冒険者の十段階に分けられる。

正確には、最高位の聖宝級は未だ誰も就いたことのない階級であるから、第九階位の聖金級《オリハルコン》冒険者が事実上の最終到達点であるのだが。

それはさておき、水晶級《クリスタル》冒険者は下から数えて三番目、第三位階の冒険者でしかない。

未だ続く冒険者の道程の、半分にも達していない階級だ。

しかし、水晶級は石板級《プレート》、玉石級《ストーン》と続く『石ころ』の中から、『価値のある存在』だと自他共に認められるようになった冒険者が昇格する階級である。

社会的な信用度も、冒険者という荒くれものの集団――控えめに言って山賊や海賊の同類――の中では多少はマシだと認められるようになり、本格的な護衛や貴重な品の配達など、責任ある仕事を任されるようになる。

当然、それに伴う危険や要求される技量も高まるが、同様に報酬も高くなる。

一般的には、水晶級《クリスタル》冒険者からが『一人前の冒険者』として認知されていた。

ノードとエルザが徒党《パーティー》を組んでから約半年。

ノードが冒険者になってからはもうじき一年が経とうとしていた。

長いようで、とてつもなく短い月日だった。

一般的には水晶級《クリスタル》冒険者まで昇格するのに二～三年はかかると言われている。五年以上かけて昇格する冒険者もいる位である。

そしてまた、水晶級《クリスタル》冒険者へと昇格することが叶わずに冒険者を辞める者も、当然いる。

それに比べ、ノードとエルザは順調過ぎるほどに順調過ぎると言っても良い位の速度で冒険者としての階級を上っていた。

そこには様々な幸運があったが、その幸運の一つが互いの装備だったろう、とノードは考える。

ノードが身に着ける装備は、以前のものと大きく様相を異にしていた。

皮革を固めて作られた硬革の鎧《レザーアーマー》は、魔物の鱗――それも強靭な魚竜の甲鱗を用いた煌びやかな鱗鎧《スケイルアーマー》に。

腰に携えた武器は幼少の砌《みぎり》からの愛剣を強化し、翠玉鉱《ジェドライト》の刃をもつ剣へと変化していた。

左手に構える盾も、剣を強化した際に出た余剰分の翠玉鉱《ジェドライト》と、鎧に用いた魚竜の甲鱗から造り上げた複合素材――翠鱗の盾に替わっていた。

エルザの装いも、黒鎧狼の軽鎧に朱色の穂先――紅角獣素材の槍へと変化している。

全身の防御力と攻撃力、そして身に宿す技量。これらは冒険者に成り立てであった一年前とは隔絶したものになっている。

そして何よりも、そのエルザとの出会いが重要だったのだろうとノードは考える。

高い技量と息の合った連携を保てるエルザとの出会い。

それは単に戦力が二倍になった以上のものがあった。

彼女がいたことで岩狼《ロックウルフ》も退治できて、フェリス家の窮状を乗り越えることが出来たし、その後の冒険でも助けられることは多かった。

鎧の素材集めも手伝って貰ったし、何よりこうして無事に水晶級冒険者《クリスタル》への昇格を果たすことが出来た。

「――エルザ」

「何？」

注文した酒精《エール》の杯を片手に、ノードが声をかける。

珍しく、今日はノードも飲む気でいたのだ。

「今まで徒党《パーティー》を組んでくれてありがとう。何度も助けられたよ」

「……ええ」

感慨深く、今までの冒険の出来事に感謝を告げるノードの言葉に、エルザもまた同じ気持ちを抱いた。

今回の暴大熊《バーサークベアー》の討伐依頼――水晶級《クリスタル》冒険者への昇格依頼《ランクアップクエスト》を最後に、ノードとエルザの徒党《パーティー》は解散することが決まっていた。

理由はエルザの個人的な事情で、彼女の故郷《くにもと》へ帰らなければならなくなったのだ。

冒険者の仲間との出会いがあれば、その別れも必然である。

名残惜しさは尽きないが、冒険者として活動していれば、これもまた何れ《いず》は経験する出来事であった。

「国許でも元気でやれよ？」

「貴方も怪我しないようにね？」

ノードが杯を掲げる。

エルザもそれに動きを合わせる。

ノードはエルザのことが好きだった。それは異性としての感情ではなく、背中を預けて戦うに足る戦友としてだ。

そしてその気持ちはエルザも同じだっただろう。確かめたことはないが、言葉を交わさずとも分かりあえるだけの友情が、二人の間には醸成されていた。

「「水晶級《クリスタル》冒険者昇格を祝って……乾杯ッ!!」」

打ち合わせた杯のエールを、一気に飲み干す。

ゴクゴクと、喉を鳴らして流し込む酒精《エール》の泡が、食道を刺激しながら胃の中へと落ちていく。

「ぷはっ!」

「良い飲みっぷりじゃない!」

口の回りに泡の髭を生やしたノードに、同じく泡の髭をつけたエルザがそう話す。

次の酒精《エール》の杯を手に取り、再び乾杯の音を打ち鳴らす。

「「互いの新たな門出に……乾杯!!」」

力強く打ち合わされた杯から、中身が宙に舞う。

その後も、夜の酒場では何度も乾杯の音が響き渡った。

§

「ノード」

ノードが水晶級冒険者《クリスタル》へと昇格してから少ししてのことである。

エルザが故郷《くにもと》へと帰り、徒党《パーティー》を解散したノードだったが、冒険者としての活動は当然のように続けていた。

季節は晩秋が過ぎ、ちらちらと雪が降り始めた初冬も半ばへとさしかかっている。

真冬は雪に閉ざされるハミル王国では、降雪という、その特殊な条件下での活動を嫌い活動を春まで休止する冒険者も多く存在している。

しかしながらノードは、競合相手《ライバル》がいない今が稼ぎ時とばかりに依頼を請けていた。

冬場の冒険者の依頼は、魔物の多くが冬眠することもあり、主に採取や配達、護衛等の種類が多くなる。

冬眠しそこねた個体や雪に関係なく活動をする魔物の討伐依頼が出る以外には、氷精霊《アイス・スピリット》などの討伐・捕獲依頼など、冬場限定の依頼もある。

しかし、冬場の冒険者活動が初めてであるノードは、エルザがいなくなったこともあり、主に採取の依頼等を請けるよう努めていた。

その日も、冬山に生える霜降草という植物の採取依頼を達成し、一週間振りに家へと戻ってきたところだった。

話し掛けられたノードが声の主へと振り向くと、そこには母親であるマリアがいた。

彼女は貴婦人の衣服に身を包み、鉄棒でも差し込んでいるかのようにピンと伸ばした背筋のままそこに佇《たたず》んでいた。

「はい、何でしょうか母上」

「お話がありますので、後で私の部屋へといらっしゃい」

居住まいを正して母親であるマリアへとノードが向き合うと、マリアは感情を悟られない声色でそう言った。

「かしこまりました。鎧を脱いで直ぐに伺います」

ノードは言われた通りに自室へ戻ると、武具を置き手入れも後回しにマリアの部屋へと向かった。

母親に叱られそうな心当たりがあっただろうか、と自分の胸に問いただし疑問を浮かべながら、部屋の扉をノックする。

「ノードです、参りました」

「入りなさい」

許可を得て部屋へと入ると、ノードにも慣れ親しんだ内装が目に入り込んだ。花の意匠が象られた壁紙や彫刻が施された柱のある部屋の見た目は、質実剛健な風情（ということにしてある）のフェリス家において珍しく華やかな印象を与える。

とはいえ、その他の壺や絵画などが見当たらず、部屋を飾るその他物品も少ないため部屋の中が広い印象を与えている。

産みの親にして育ての親であるその母親の部屋には、母親の他には誰もいなかった。

もうじき一歳になる双子のクラリッサとクリストファーの姿が部屋の中にないのは、メイドが面倒を見ているからだろうか。

幼き頃、自室を与えられるまで、母親の部屋で育てられたノードは、そんなことを考える。

「それで……お話というのは」

「ハンナのことです」

お伺いを立てるように、そろりと話をノードが切り出す。返ってきたのはお叱りの言葉では無かったようだ。

若手の気鋭として冒険者ギルドで名を馳せるノードも、母親の前では母親《マンマ》の雷を怖がる一般的な若者だった。まあ、これは武家の女主人であるマリアが女傑過ぎるのかも知れなかったが。

自分のことではなかったのかと内心胸を撫で下ろしたノードだったが、今度は姉のハンナがどうしたのだろうかと気に掛ける。

ノードは幼少から自分を可愛いがってくれていた姉のハンナを大切に思っていた。

「ハンナに結婚の話が出ているそうです……」

「えっハンナ姉が!?」

それは喜ばしい。そう破顔したノードだが、直ぐに歯切れの悪そうなマリアの言い方が気にかかる。

「母上？」

「……………」

問いかけても、母のマリアは沈黙するばかりである。

どうしたのだろうか。ノードはマリアが口を開くのを待った。

しばしの間、沈黙が部屋を支配する。

窓の外から、庭で遊んでいるのだろう弟妹たちの声が微かに聞こえた。

「ハンナの結婚なのですが、話は上手く進んでおりません」

頓挫しかけています。そう言葉を続ける母の表情は、苦悩しているようだった。

「……何故ですか」

ノードは続きを聞くために合いの手を入れた。

この時点でなぜ自分が呼び出されたかは半ば理解出来ていたが、それは次の母親の声で確信へと変化した。

「相手の家族から、家の、フェリス家の評判に関して余り良くない評価を得たようです」

息子であるノードに対して、母親としてそう言うのは忸怩たるものがあるのだろう。所々途切れるようにして、マリアは言葉を紡いだ。

ここでいう評判とは、間違いなく借金のことである。

貴族としての歴史の長さや、武名としてはフェリス家は申し分のない存在である。騎士爵でしかないが、三代前には近衛も輩出したフェリス家ならば、余程の高位貴族――伯爵や侯爵などが相手でなければ、まずもって貴族の位としては問題がないのである。

「お相手は？」

「……ハンナが勤めるお家のご友人で、王宮に勤める男爵様です」

まず間違いが無かった。

余りにも子供が多く、その養育費が重なってきたフェリス家は、ここ十年以上の間に借金に次ぐ借金を重ねていた。

以前にはもうこれ以上追加の借り入れが出来ない、というところまで来ていたほどである。

その事情は少し調べれば容易く分かることであり、それはフェリス家の醜聞と言わざるを得ない。

最近では兄姉そして他ならぬノードの働きで、家計が黒字に転換し、僅かずつであるが借金の返済を進めることが出来るようになってきた。

時間はかかるが、やがてフェリス家の帳簿は身綺麗なものになる筈である。

但し、それは飽くまでも未来におけるフェリス家の話であり、現在のフェリス家が借金塗れなのは間違いがない。

金目当ての結婚は、平民貴族問わずどの階級でも嫌われる話であるのだ。

　母親のマリアから、姉のハンナを取り巻く状況を理解したノードは、確認のために母親へ問い掛けた。

「――つまり、我が家の借りたモノをある程度返すことが出来ているという〝姿勢〟を見せる必要があると、そういうことですね？」

「そうなります」

「して、それは如何ほど――？」

　ハンナ姉が結婚出来るように、いくら稼げば良いのか。

　銀貨二十枚か三十枚か――あるいは……。

「銀貨二百枚です」

　――は？

　ノードは頭の中でどのような依頼を請けるのか早くも算段を立てようとしていた。冒険者ギルドに出ていた割りの良い依頼は何だったか、自身の記憶を探りながら。

　しかしそれは、母親のマリアの告げた金額によって中断されることになった。

「…………母上、今一度お聞かせ願えますか？」

「銀貨二百枚です」

　聞き間違えではないようだ。

「……あの、失礼ですが我が家の借金の総額をお聞かせ願えますか？」

おっかなびっくり、といった具合にノードは母親に尋ねた。

今までも家令のアレクに尋ねたことなどはあったが、跡継ぎではないノードには詳細を明かして貰ったことはない。

それでも毎月の収支が悪い――赤字が続いていたのを知り、借金が〝かなりの額〟であろうことは予想が付いていた。

そしてついに母親から聞かされたその金額を聞いて、ノードはむしろ感心すらした。

――よくもまあ、下位の貴族であるフェリス家で、そこまで借りられたものだ。

或いは「いつから家は大領主になったのだろうか」である。

フェリス家は名誉こそあれど、実態は役職手当てを含み、銀貨三十枚程度を貰っている下位貴族の家に過ぎない。

武家の俸録が王家直轄である関係から金額的にかなり抑えられているというのも関係しているが、同じくらいの〝格〟を持つ領地持ち貴族ならば、大体この十倍ほどの金銭を得ていた。

その領地持ち貴族ですら、容易には返済を完了できない金額である。一体全体何があったのかと、ノードは母親のマリアに話を聞くことにした。

マリアが言うには、この借金はノードの生まれる前から始まっているという。結婚し、長男のアルビレオが生まれる時までは問題無かったが、その後長女のハンナを身籠っているあたりで隣国との戦争が勃発。当時母のマリアと結婚したばかりの父のアルバートは、出世を求めて喜んで従軍した。その際に、親戚に借金をして出征。手柄を立てて今の役職を得たという。

その後父親と母親はさらに〝仲が良くなり〟次兄をはじめとして次々とフェリスの子弟が生まれていった。

問題は、出征のときの借金なども返し切る前から次から次へと出費が増えたことである。

子供たちしかり、祖父の葬儀しかり、再度の従軍しかり。さまざまな要因で出費が重なり、その度に返済を待って貰って別の借金を申し込む日々。

それには当然〝利子〟というものを払わなければならないわけで、借金が放置された結果。それらは膨らみに膨らんだ大金となってフェリス家の負債となっているのである。

今回の『銀貨二百枚』とは、積もりに積もったその借金――それこそ中には二十年近く返済を待たせているところもある――を纏めて返済しなければならないからこその金額だった。

この銀貨二百枚を返済しても、まだ借金が残るということにノードは驚きを禁じ得なかったが、何故それほどまでに銀貨が必要なのかは理解出来た。

少しずつの返済ならばともかく、一気に一部だけ返済をしてしまうと、むしろ『なぜ我が家からの借金を優先しない！　もう〇〇年も待っているのに！』となってしまうからである。

そして姉のハンナの結婚式には、フェリス家からも結納金を支払う必要がある。それはかなりの金額（貴族の結婚式には金がかかる）になるので、『そんな金があるなら我が家に返せ！』と文句の出そうな所に借金を予め返済しておかないと、醜聞が大きく広まってしまうからだ。

姉のハンナの結婚相手の親族も、その事態による醜聞の煽りを最も警戒しているようであり、逆に言えばその金額さえ集めることが出来るならば、問題無くハンナは結婚できるのだ。

（………とは言えなあ）

その後マリアに対し「出来るだけやってみます」と述べて部屋を辞去したノードだったが、どうしたものかと頭を悩ませるばかりであった。

最近水晶級《クリスタル》冒険者へと昇格を果たした新進気鋭の若手冒険者ノード。その水晶級《クリスタル》冒険者の一般的な〝年収〟は、銀貨にしておよそ『四十枚』であるとされる。なお、ここから更に消耗品や武具の整備費用が発生すると付け加えておく。

19　閃き

（どうしたものか……）

母親のマリアに呼び出されてから一週間。

ノードは現在、雪の中にいた。

正確には雪を掻き分けるようにして冬の山で蠢いていた。

『冬の寒さは魔物より怖い』

酒場の冒険者たちが口を揃えて言う言葉を信じ、ノードは先輩冒険者たちの助言《アドバイス》を求めた。対価はいつもと同じく酒場の一杯《エール》である。

その助言を素直に聞き入れたノードの装備は、鱗鎧《スケイルアーマー》から再び硬革の鎧《レザーアーマー》へと戻っていた。しかもその細部は普通の硬革の鎧《レザーアーマー》とは異なっている。

鱗鎧《スケイルアーマー》を作った際、硬革の鎧《レザーアーマー》は下取りにしようとしていたノードに対し、武具店の店主は「予備にとっておけ」と端的に告げた。

鎧も手入れは必要だ。もし大きく損壊した場合に備えて、別の鎧を持っておけと言うのである。

それもそうだ、とノードは下取りに出すのを止め、邸宅の自室に保管しておいたのだが、その硬革の鎧《レザーアーマー》は、下地に濃密な暖かな冬毛《ファー》を備えた冬季用の鎧へと姿を変えていた。

モフモフとした鎧内の毛皮は空気をたっぷりと蓄え、ノードの体温を鎧内へと保つ役割を果たす。指先や足の先も同じ造りであり、上から毛皮の外套《ローブ》を被れるようにしたそれは、改造費に幾ばくかの金銭を必要としたものの、厳冬の環境下で活動するのに必要不可欠な装備だった。

その冬物鎧《ウインターアーマー》を纏ったノードは、汗を掻かないようゆっくりとした動きながらも、確実に雪を掻き分けて目的の物を見付け出した。

雪の降り積もる山肌の崖の側、険しい場所の雪の下から顔を出したそれは、曇天の隙間から僅かに射し込む陽の光を反射してキラリと妖しく輝いた。

ノードはその結晶——冬場にだけ取れる氷精石と呼ばれる天然の特殊な魔石——を粗方採取すると、氷精石を入れた背嚢を背負った。両手にも同じく氷精石入りの袋を持つ。

ズシリ、と重さがノードの鎧越しに肩へとかかり、足元がズブズブと沈み込みそうになる。

慌てて両手の棒——雪山登山用のステッキに体重を分散させる。

体勢をしっかり整え、採取のために一度脱いでいた装着式の雪靴《カンジキ》をつけ直すと、今度こそ雪の上を歩く。

ふと見下ろすとそこには、ノードが歩いてきた轍が麓まで続いていた。

§

雪の上を歩く。

——この氷精石で幾らになるだろうか

依頼書に書かれていた価格から、概算で弾き出した金額を頭に思い浮かべる。

——まあ、そんなものだろう

雪の上を歩く。

——まだまだ足りないな。

雪の上を歩く。

冬山はとても静かだ。

風が吹き、吹雪いている間は分からないが、風がやんで雲間が晴れたりすると一層強く思う。

遠くの山々の山頂で、雪の精が踊るようにしてその天険を白く染め上げ続けているのが見えるが、ノードのいる山は完全に凪いでいた。

ギュムギュムと、ノードの足元の雪が踏み固められる音だけが響く。

時折風が思い出したように雪の表面を撫でて、雪を中空に躍らせた。

ノードの耳にキラキラと何か結晶のようなものを擦り合わせたような音が耳に届いた。

音の発生元はノードが今いる場所から離れたところだ。

(……氷の精霊か)

雪原の上を、青白い影が踊っているのが見える。

少女が踊っているようにも見えるその幻影は、冬場にあらわれる氷の精霊のものだった。

(……悪戯《ちょっかい》を掛けられないようにせねば)

危険な魔物では無いことに一安心し、ふぅーと溜め息を一つつく。

鎧の頭部、口元辺りをすっぽりと覆った毛糸で出来た半覆面《マスク》からは、大気中の塵を氷結させた白い息が漏れた。

氷の精霊に限らずではあるが、精霊の類いは皆悪戯好きで、人間にちょっかいをかける。彼女たち(大抵が少女のように見える)には悪意はないが、その力は強く悪戯では済まされない被害がもたらされることもしばしばだ。

ましてや重たい氷精石を抱えた状態で、面白半分でスッ転ばされるなどごめん被る。

雪に埋もれて難儀するならまだましで、最悪は雪の斜面を高速で滑り落ち、壁面に激突するか崖から飛び降りるかだ。勿論その果てが肉片《ミンチ》であるのはいうまでもない。

幸い、精霊たちは遊ぶのに夢中らしい。距離をとっているこの場所ならば、気付かれることもないだろう。

ノードはそう判断して、静寂なる雪の広野を下りて行った。

§

あともう少しで麓だというところで、ノードは災難に出会した。

「ギャオオオ――ッ!!」

下山中、雪山に響いたその声に、反射的にノードは地――雪原に伏せた。

滑り落ちないように雪に埋もれるよう、倒れ伏したノードは微動だにしない。

ボフリ、と若干の粉雪を巻き上げて伏せたノードの姿は、上から見れば雪に溶け込んで見えただろう。

ノードの鎧はともかく外套《ローブ》や背嚢などは白一色で染められているからである。

微動だにせず、雪に伏したノードには視界一杯に若干影を落とした雪の白が広がった。

雪の感触が顔の露出した箇所に当たり、冷たい。

だというのにノードはバクバクと音を立てる心臓とともに汗を掻いていた。運動による物ではない、冷や汗である。

ゴゥッ、一陣の強風がノードのいる雪原を通過した。

そこでようやくソロリ、とノードが顔を上げた。

辺り一面は埃だらけの倉庫をひっくり返したみたいに、雪が舞っていた。雪が降ったのではなく、大風――そしてそれを巻き起こしたある存在に因って引き起こされた現象だった。

白一面の大地を駆け抜けていった影の持ち主は既に上空高くを舞い、彼方へと飛び去っている。

「……通過したか」

その様子をノードは姿が見えなくなるまでじっと見つめてから声を出した。

起き上がり、パンパンと体にまとわりついた雪を払う。

咄嗟に手放した氷精石入りの袋を拾い上げ、再び上げる。

「飛竜か……」

ノードは、ポツリとその影の正体を口にした。

§

その後、採取に出向いた雪山から帰還したノードは、王都の酒場で管を巻いていた。

といっても酒は飲んでいない。そんな無駄使いは出来ないからだ。

それゆえ何も頼まずに酒場に居座るノードを、胸元を露出させた給仕の女性が冷たい目で見つめていたが、ノードは知ったことではないとばかりに嘆いていた。

理由は単純で、金が無いのである。

いや、正確には手持ちはある。

今しがた冒険者ギルドの帳場《カウンター》で納品を済ませ、規定量よりも多くの氷精石を納品したことによる超過報酬《ボーナス》まで受け取ったところだ。

しかしその金――銀貨数枚は、とてもノードの目的の金額である『銀貨二百枚』には届きそうにもない。

「あー金が無ぇ……」

「また小僧《ボウズ》が言ってら」

「あれ、エルザの嬢ちゃんいねえな。珍しい」

「なんだ知らねえのか、徒党《パーティー》解散したらしいぞ」

「え、マジ？　フラれたのか、あいつ」

「ちげーよ、嬢ちゃんがフラれ……」

ワイワイガヤガヤ。

ノードの様子をも勝手に酒の肴にした冒険者《呑んだくれ》たちは、勝手に話を繰り広げる。何を勘違いしたのか、うちの一人が何故かノードに酒を一杯奢ってくれた。

（まあ、無料ならいいか）

グイッ。勘違いもそのままに一気にその酒杯を呷ったノードは「ップハァ」という音と共に酒精《エール》の雑ざった息を吐き出した。

堂々巡りの考えに行き詰まり、湯だりかけていた脳髄が冷やされる心地がした。

「――よしっ！」

気分転換をしよう。

そう考えたノードは席を立つと、酒飲みの喧騒を横目にツカツカと歩き、依頼掲示板《クエストボード》の側へと移動する。

同じ姿勢でいたものだから、体がバキバキと立てるような気持ちがした。

背伸びをしながら、ノードは依頼書を眺める。

依頼掲示板《クエストボード》の依頼は、毎朝新規の依頼が出されるが、それらは人気のあるものから消化されていく。

反面、不人気な依頼はその日には消化されずに何日もの間、依頼掲示板《クエストボード》に貼り出されたままになる。

場合によっては、それは一週間、二週間と続き、誰も引き請け手がない依頼は、そのまま取り下げられるか追加の報酬が上乗せされる。

冒険者ギルドは基本的に吝嗇《ケチ》なので、貢献度の上乗せしかされないが、先程ノードが達成してきたような『面倒な』採取依頼などであれば、依頼主《クライアント》が報酬の上乗せをしてくることがある。

その場合は、朝でなくとも依頼の更新がされるため、ノードはこうして毎晩割りが良くなっている依頼が無いかを確認していた。

「――て言ってもなあ」

当然、それらの報酬は悪くないものの、一度で銀貨が何枚か稼げるか、といった程度の金額に過ぎない。

いや、成人男性が銀貨四枚もあれば一年を過ごせることを考えれば、それはとてつもなく割りが良い仕事と言えるだろう。（勿論危険も相応なのだが）

しかしそれでもなお、ノードの必要とする金額を稼ぐのに長い時間が必要になる。

銀貨二百枚——それは小規模な領主の歳入に匹敵するほどの金額なのだ。

恐らくノードの母親であるマリアも、本当にノードが全額を稼げるなどとは考えてはいない筈だ。

それでもなお、自らの娘が二十歳を過ぎてようやく得た結婚の機会をなんとか成就させてやれないかと、恥を忍んで藁をも摑むつもりでノードに頼み込んだのだろう。

二百枚は無理でも——五十枚。それだけ稼いで、借金を一部返済、それで新郎側《向こう》の理解を得る。

そこまで考えて、ノードは其れでさえも上手くいくのだろうかと考える。

母マリアの相談から後、既に二週間が経過している。

依頼には、往復の道程の移動時間なども必要だ。そのため、ノードがこの二週間で達成出来たのは二つに過ぎない。そのどちらも高額な報酬だったため（労力はともかく時間的には割りが良かった）、銀貨は既に五枚近く稼いだが、冬場の割り増し報酬でもそこまで割りが良い依頼は珍しい。

現実的に、姉のハンナの結婚の時期的猶予《タイムリミット》である春先までに必要な銀貨を稼ぎ出すのは無理があった。

（せめてエルザがいれば……）

そこまで考えたところで、頭を振った。

エルザは既にいないし、いたところでどうにもならないだろう。水晶級《クリスタル》冒険者はおろか、仮にノードが赤銅級《ブロンズ》冒険者であっても無理なのだ。

それほどまでに、フェリス家の借金は嵩み過ぎていた。

（……諦めるな！）

ノードはいつの間にか弱気になっていた自分の心に鞭を打った。

ことの問題は姉のハンナに関わることなのだ。

自身の、そしてフェリス家の姉として、優しく可愛がってくれた姉のハンナの幸せに関することなのだ。

ノードに必要なことは『どう実現するか』であって、諦めることではなかった。

思考を切り替えたノードは、再び思考を巡らせる。

水晶級《クリスタル》冒険者としての依頼では無理ならば、じゃあどんな依頼でならば可能なのだろうか。

「一度の依頼で銀貨を何十枚、何百枚と稼ぐとなると……」

チラリ、とノードは視線を横へとずらす。

そこには水晶級《クリスタル》冒険者より格上の階級の冒険者用の依頼掲示板《クエストボード》があった。

ノードは気分転換の気持ちで、それらを眺めてみることにした。

まずは現実的な部類である赤銅級《ブロンズ》冒険者の依頼を見てみる。

依頼報酬はやはり水晶級《クリスタル》冒険者よりも高い。そこに書かれている魔物の名前は、一癖も二癖もある厄介な魔物ばかりで、赤銅級《ブロンズ》冒険者という冒険者と現在の水晶級《クリスタル》冒険者であるノードとの差を感じさせた。

採取の依頼に関しても、危険な場所や特殊な技術が無ければ採取が叶わない、貴重な素材の名前が並んでいる。

どれもこれも現在のノードには手が出せそうにない。

しかし、それらの報酬をもってしても、残念ながら目的の銀貨の枚数には届きそうもない。

溜め息を一つついて、ノードは更に横にずれた。

黒鉄級《アイアン》冒険者用の依頼掲示板《クエストボード》である。

そこに書かれた依頼書には、もしもノードが出会えば、神に命乞いをしながら脱兎のごとき勢いで逃げることが必要な魔物ばかりが記載されている。とてもじゃないが敵わず、強化した自慢の愛剣も表皮を傷付けることが出来るか否か、といった所だ。

採取依頼の方は、名前くらいは聞いたことのある素材（大体が強力な魔物の素材だ）もあれば、反対に全く耳にしたことのない名前のものもある。

二つも階級が離れると、依頼達成の道筋を予想することすら困難だというのは、ノードにとって発見だった。

依頼報酬の金額は実に様々だが、中には銀貨何十枚という単位で報酬が掲げられているのもあり、黒鉄級冒険者《アイアン》であれば不可能ではないのか、とノードは考えた。

しかし、問題はノードには黒鉄級冒険者《アイアン》はおろか、現時点では赤銅級冒険者《ブロンズ》への昇格依頼《ランクアップクエスト》の挑戦権すら持ち合わせていない、ということだった。

それなのにどうやって黒鉄級冒険者《アイアン》の依頼を請けるというのか。

（……いや、違うな）

ノードは自分の思い違いを即座に修正した。

正確には、黒鉄級冒険者《アイアン》向けの依頼は、『冒険者ギルドを通しては』受注が出来ない、である。

冒険者ギルドにとって、有用な冒険者が不相応な難易度の依頼を請けて命を落としたり、或いは達成できずに高額な違約金を支払う羽目になるのは避けたい事態だ。更に言えば依頼の失敗が続けば冒険者ギルドの信用にも関わるというのもあった。

それ故、冒険者ギルドは階位《ランク》制度を取り入れて運用し、依頼の難易度に似合った冒険者が依頼を受注できるように取り計らっているのである。

そのため『ギルドを通さない依頼』であれば、冒険者は（それ以外の者も）自由に依頼を請けることが出来る。

ただしこの場合は依頼主、請負人共にギルドは関係がないため、一切の責任を負わない――つまり完全自己責任となるため、冒険者ギルドはこの仕事のやり方を推奨していなかった。

（まあ、仮に依頼を請けたとして、どうやってこんな凶悪な魔物を退治したらいいやら……見当も

つかん)

ノードは再び頭を振る。

こうなると、やはりお手上げなのかも知れない。

フゥー、と溜め息を一つ漏らす。

と、そこで何となく足をその隣に向けた。

単純に興味が湧いたとも言える。

黒鉄級冒険者《アイアン》でこれなら、白銀級冒険者《シルバー》はどんな化け物を相手にしているのか、と——。

「……ははっ」

その白銀級冒険者《シルバー》用の依頼掲示板《クエストボード》を見て、ノードは思わず笑ってしまった。

偶々目に入ったのが、つい最近目撃したばかりの魔物に関するものだったからだ。

「『飛竜素材求む！　一頭の報酬——銀貨八百枚』か……夢があるねぇ」

ノードは雪山で見たあの姿を思い出した。

鱗鎧《スケイルアーマー》とは格が違う、一枚一枚が鍛え上げられた鎧ほどの強さを持つ強靱な竜鱗。

分厚い城塞を思い起こさせる飛竜の甲殻。

一瞬でノードを真っ二つに食い千切るであろう強大な顎。

発達した肢に生えた凶悪な剛爪。

そして、大空を翔ける翼。

「あんなのと戦えるとは、白銀級冒険者《シルバー》は格が違うな……」

そう、ノードをして咆哮を聞いただけで竦んでしまうその怪物の中の怪物――飛竜を倒すのが、白銀級冒険者《シルバー》という階級の冒険者だった。

聞けば、水晶級冒険者《クリスタル》を越え、赤銅級冒険者《ブロンズ》へと進み、そして黒鉄級冒険者《アイアン》にまで到達した精鋭冒険者の多くが、白銀級冒険者《シルバー》の壁を乗り越えられないという。

然もありなん――そう、ノードは理解する。

並みいる魔物の中でも、頂点に位置するのが『竜』なのだ。

たとえそれ《コレ》が『最弱の竜種』だとしても、飛竜は竜なのである。

(飛竜を乗りこなして戦うんだから、王国の鉄竜騎士団は化け物揃いだよな)

ノードは、かつて父や兄から聞かされた王国の騎士団についての話を頭に浮かべた。

各地方の騎士団やハミル王国騎士団、そして近衛騎士団とも異なる完全実力主義の最強の騎士団。

飛竜を乗りこなし、戦場を自在に駆け《飛び》回る彼らは、王国にあって身分など関係なしに高給で召し抱えられる。

(冒険者の中からも入団した者がいたはずだ。確かその冒険者も白銀級冒険者《シルバー》だった筈……?)

既視感を感じた。

確か最近も鉄竜騎士団に関する話題があった。何処で聞いたのだったか。ノードは記憶を探り、思い出した。

（そうそう、食事のときだ。兄さんが父上から『鉄竜騎士団に入れ！』って無茶を言われていたっけ……）

思い出し、苦笑する。

子供に期待をかけるのは親の宿業《サガ》とはいうが、よりによって鉄竜騎士団とは。そこはせめて近衛騎士団にしておけばいいものを……。

そこまで思い付いて、脳裡に閃くものがあった。

無茶苦茶ではあるが、まだ可能性はある。

銀貨二百枚を達成できるかもしれない、起死回生の一手だった。

20　飛竜の巣

冒険者ギルドの酒場にて、ノードは熟練の冒険者たちに情報収集を開始していた。代価はいつもの奴《エール》である。


「少しいいか？　聞きたいことがあるのだが」

「あん？　誰かと思えば小僧《ボウズ》か、何だ？」

「この前飛竜に出会ってな、対策を知りたいと思ってね」

「ほう、そりゃ災難だったたな。いいか、あいつらは……」

「貴方の武勇伝について聞かせて欲しいのだが」

「ふふん、まあ仕方がないな。何れがいい？　そうか飛竜か！　あれはだな……」

「雪山の魔物について教えてくれないか」

「あん？　そうだな、そろそろ雪巨人《スノーゴーレム》が現れる頃だな」

「この前、飛竜に襲われたと聞いたが、どうやって逃げたんだ？」

「あ、そりゃあ、お前決まってるだろうよ……」

酒精《アルコール》に口の回りが良くなった彼ら冒険者《よっぱらい》たちは、ノードの求める情報を次々と提供してくれる。

その対象は多岐にわたる。

赤銅級冒険者《ブロンズ》、黒鉄級冒険者《アイアン》、白銀級冒険者《シルバー》。飛竜との交戦や戦闘だけではなく、どうやって生き延びたか、若しくは出し抜いたか。様々な観点から対象についての情報を得る。

飛竜の弱点は何処か。

飛竜の生態はどうか。

飛竜の行動規則、習性は何か。

仕草、場所、餌、五感、天敵、好悪、繁殖、危険、安全、弱点——。

「ふむ……」

パタリ、と情報が書き込まれた革の手帳《ぼうけんのしょ》を閉じる。

そこに記された先人から受け継いだ知識、経験という名の情報たち。

ノードは暫しの間、瞑目した。

頭の中に廻る考えを、冷静に整理し計算《シミュレート》する。

既に時刻は夜半に近づき、宴会も終わりを告げ、酒場は閑静さを取り戻し始めていた。

まだいる冒険者たちも、三々五々にそれぞれの宿へと向かい、酒場を後にする。

酒場は給仕たちがせっせと後片付けに忙しく動き回り、食器を片付け洗う音が広間《ホール》にも木霊していた。

「……やるか」

人気の無くなった酒場の灯りに照らされながら、ノードはポツリと一人呟いた。

その決意の言葉は誰の耳にも聞き届けられることなく、夜の酒場に消えていった。

§

カツン、岩肌に突き刺さった鉄の嘴先《くちさき》が鋭い音を立てる。

岩肌の僅かな窪みに引っ掛かったその先端は、ノードの体重を一身に引き受けていた。

カツン、今度は逆側の腕に吊るした鶴嘴《ピッケル》で、又もや岩肌の窪みを探して引っ掛ける。

ピッケルに体重を預け、少しずつ絶壁を登り詰める。

カツン、もう一度……。

ノードが左の鶴嘴《ピッケル》を、再び僅かな窪みに引っ掛け、体重を預けた。瞬間、先端部分が岩を砕いて鶴嘴《ピッケル》が宙を泳ぐ。

突然の事態に慌てて右手側だけで全体重を保持、崖から落ちないようにする。

見えない罅《ひび》が入っていたか、あるいはそこだけ脆かったのか。

ガラガラと壁面を音を立てて転がり落ちる石礫を、ノードは右手一本で崖にぶら下がりながら見つめた。

落下の音は直ぐに遠ざかり、そして暫くして崖に吹き付ける山風に掻き消された。

「――――ふぅ」

ジットリとした冷や汗が鎧の背中部分、暖熱用の毛皮に染み込むのを感じながら、ノードは深い溜め息をつく。

今のは危なかった、と。

崖下へと消えた岩石は、その果てである雪原へと落着して、大きな孔を雪の上へ開けただろう。もし先ほどノードが体勢を立て直せなければ、そのまま一緒に落ちて潰れている。いくら雪が柔らかいといっても、吸収する衝撃には限りがある。

ノードは白く吐き出される呼吸を何度か繰り返した後、再び両腕に力を込め、鶴嘴《ピッケル》を断崖へと突き立て、登り始めた。

登り始めてから何れくらいの時間が経っただろうか。

漸くのことで崖の中腹、開けた身体を休める場所へと辿り着いた。

這うようにしてノードは身体をその場所へと引き摺り上げた。

全身――特に両腕が酷く疲れている。

ノードは小一時間振りに腰を雪の上に下ろした。

荒い呼吸を整える。山頂付近、低地よりも空気が薄くなった場所では呼吸がしづらい。息を吸おうと深呼吸を繰り返すよりも、呼吸を整える方が効果が高いことをノードは知っていた。

身体の制御に意識を集中させたノードは、そこで自分の身体が思ったよりも冷えていることに気が付く。

崖のように切り立った山肌には、容赦なく上空からの極寒の冷気が吹き付ける。

いくら雪山での対策を施した暖熱を考慮した冬季用の装備とはいえ、体温が奪われるのは必至だった。

ノードは背嚢に入れた荷物の中から、栄養補給のために食糧を取り出す。

小鍋を小型の携帯竈《コンロ》にセットし、雪を溶かす。

節約のために薪を使いたいが、崖の中腹には木は生えていないので、持ち込んだ魔石を燃料に火を熾《お》こした。

雪山では雪はいくらでも入手できるが、液体のままの水は貴重品だ。雪や氷は体温で溶かそうとすると、著しく体力を消耗する。ゆえに雪山での活動には、魔石を用いた携帯竈《コンロ》は必需品だった。

コポコポと、小鍋の中で溶かした雪が水となりそしてお湯が沸く。白く勢い良く湯気をたてる鍋には茶葉を投入済みだ。

小袋の中に茶葉が入った茶袋を、二度三度泳がせれば、温かな茶が入った。

携帯食糧として持ち込んだ乾パンを、お茶にふやかして腹に収める。熱量《カロリー》を考えて甘い煮蜜《ジャム》が入っており、舌を刺激する甘さが脳にまで届く。

茶が冷めない間にゴクリと飲み干すと、口、食道と通ったそれは胃の中へと落とし込まれる。じわり、と身体の中心から暖まり、全身の疲労が和らいだ気がした。

あっと言う間に栄養補給を済ませたノードは、消化のために暫しの休憩に入った。

疲労回復も兼ね、寛いだ姿勢で景色を眺める。

遠く広がる山嶺は雪化粧をまとっている。

風が吹き、雪を舞い上げ、山の空に雪の華を咲かせている。

雪原には氷の精霊たちが踊り、雪巨人《スノーゴーレム》が彷徨している。

崖の中腹から眺める雪山の景色は、余りにも美しかった。

出来れば何時までも眺めていたいほどの自然の芸術であったが、生憎とノードにはやらなければならないことがあった。

荷物を身体に固定し直したノードは、再び両腕に鶴嘴《ピッケル》を携え、冬の山を登り始めた。

暫くして、とうとう目当ての場所まで辿り着いたノードは、そこで作業を始めた。

背嚢の中から鉄杭を取り出し、岩肌に打ち付け固定したり、あるいは縄を登ってきた断崖に垂らして行き来をしやすくしたり、他にも様々な道具を取り出した。

すると今度は、軽くなった背嚢を背負い来た道――つまり崖を降り始めた。麓で資材を集め、再び崖を登り、また降りる。

その作業は何日にも及んだ。

いや、その作業はここだけでは無かった。

他の崖にも登り、同様に資材を運ぶ。

それらの行動――工事をひっそりと、独力でノードは進めた。

時には麓の野営地で、時には崖の上で、時には不眠不休で作業を推し進める。

途方もない労力の後、ノードはようやく『下準備』が整ったと思った。

§

酒場での情報収集の結果。

ノードは計画――つまり『飛竜の卵を盗む』のが可能である、と判断した。

勿論数々の困難が待ち受けていることが予想された。

しかし、それらも加味した上でノードはやれると判断していた。

まず手始めにノードは、飛竜のいる場所――巣のある場所について詳しく調査した。そして必要だと思われる物資その他諸々を購入。それらの購入金額はかなりの金額に上ったが、まさか飛竜相手に道具を出し惜しみするわけにもいかず、ノードは大枚叩いてそれらの準備を整えた。

飛竜は標高の高い険しい山の頂上などに巣を作る。

これは大空を飛び回れる飛竜にとっては移動に不便でなく、そして天敵からは狙われにくいからだと考えられていた。

天敵――竜である飛竜の天敵とは何か、答えは簡単で肉食の小型～中型の魔物である。

成体ならばいざ知らず、いくら竜種とはいえ幼竜の間やそれこそ卵の間は敵わない。

それゆえ天敵が近寄ることの無い場所に巣を構えるのである。

その飛竜の巣はイルヴァ大陸の各地に存在するが、ノードはその中でも一番近い雪山を選ぶことにした。

これは消去法に近い選択であった。

他の巣があるとされる場所は遠過ぎたり、強力な魔物が跳梁跋扈する秘境であったり、そして多くに共通することとして、周辺の環境などを全く知らない場所だったからだ。

もっともこれは、以前に活動したことのある地域《エリア》といえば低級冒険者向けの依頼が出される場所であり、そんな場所に飛竜がいるわけ無いので当たり前なのだが。

例外が、冬季に入り何度か出入りしている雪山地帯というわけだ。

ここは冬は雪に閉ざされる極寒の大地であるが、冬が過ぎて春が訪れれば、山の麓は雪解け水によって緑が生い茂る豊かな土壌だ。

その草木を食べる草食動物などを、この雪山地帯に居を構える飛竜は餌としているのだ。

そしてその冬の環境が、ノードは味方になると考えた。

飛竜の生態、その子育てに関しての情報であったが、その中には擁卵期の活動についての情報もあった。

それによれば、飛竜は一日中卵を温め続けるだけではなく、一日のうち一度は狩猟に出掛けるという。以前ノードが雪山で見かけた飛竜は、外へ狩猟をしに出掛けていたのだろう。

つまり周辺に獲物が少ない雪山であれば、狩猟にかかる時間は比較的多くあるのではないかとノードは考えたのだ。

当然、巣を空けている間は卵を盗み出すチャンスである。

上手く行けば、飛竜と遭遇することなく、卵を盗み出せるかもしれない。

そんなことを、王都にいたときのノードは考えていた。

§

寒さが支配し、生命の気配が殊更に薄くなる冬の季節は、山の麓までもが雪の世界へと変貌する。

春になれば緑豊かな大地が姿を見せて、様々な生命が萌ゆる場所でさえも、今は静寂の中で雪解けの季節を待つだけだ。

その雪山、山頂付近。

大きな洞穴の中にノードはいた。

風が吹き込み、吹き込んだ雪の道が入り口奥まで続いている。

崖登り《ロッククライミング》をして、飛竜の巣穴のその手前までノードはやって来たのである。

雪山地帯に入ってから、飛竜の姿は何度も見かけた。

その度にノードは見つからないように遣り過ごすため、行動の制限を受けたが、その経験から飛竜の狩猟の間隔が何となく把握出来ていた。

そしてその経験によれば今は狩猟に出掛けている時間帯の筈だった。

飛竜に見つからないように、雪山の各所に取り付けた迅速に移動するための縄を伝い、スルスルと手慣れた手付きで風洞の入り口へと移動する。

目立たないよう偽装されたそれは、冬山の景色に溶け込んでいる。ノードのように場所について把握していなければ近くで見ないと発見出来ないだろう。

洞穴の入り口から、壁際に手を沿わせるようにして、ノードは奥へ奥へと歩いていった。

ソロリソロリと足音を立てないように忍び足で侵入すると、やがて風の音が遠くなった。

雪の白化粧が施されていない洞穴の地面を慎重に歩く。

音が反響しないよう、そして雪の無い洞窟内で滑らないよう細心の注意を払いながら、移動する。

今回の依頼のために、音消しの改造が随所に施された鎧は、その効果を発揮してノードの隠密行動を妨げなかった。

（…………いないか？）

吹き込む風の音で明瞭には判別出来ないが、洞穴内部からは大きな音——飛竜の足音や鳴き声などは聞こえない。

時折耳を傍立てるようにして内部の情報を探りながらも、ノードは奥へ奥へと進む。

やがて、ノードは大きな空間に出た。

(……意外と明るいな)

洞穴の中だというのに意外と明るいその場所には、よく見ると天蓋の一部に穴が開いていた。そこから陽の光が僅かに射し込んでいるらしい。とはいえ穴はそれほど大きくなく、風の関係もあり内部に雪は降り積もってはいない。

さらに、洞穴内部は意外にも暖かかった。

風の吹き込まない洞穴奥は、雪竃《かまくら》のようになっているのだろう。

内部の熱を逃がさない構造となっているようだ。

そして、ノードはその洞穴内部をそっと覗き込む。

明るい、といってもあくまでまっ暗闇ではないというだけだ。

洞穴の大部分は影に覆われ、見通しは悪い。

それでも、洞穴——巣の中に、飛竜の姿は見えないことは確認できた。

(——っ良し!!)

ノードは内心喝采を叫んだ。

入念な下準備が功を奏しているのだと。

飛竜がいなければ、あとは卵を盗むだけである。

（よし今のうちに……卵は何処だ……？）

洞穴の中は、光は射し込んでいるが薄暗い。

一見して卵のある場所を見つけることは出来ず、ノードは巣の中を探索した。

卵の在りかをノードは探す。

餌の喰い残し、散らばった骨、洞穴壁面から崩れた瓦礫。

だが、中々卵は見つからない。

（くそっ……早くしないと……ん、何だ？）

その最中、ノードは床に落ちていたある物に気を取られた。

それは薄闇の中でも目立って白く、雪かと思ったほどだ。

（雪？　いや、これは……剣か。何故ここに、ってうわっ!?）

何だろうか、正体を見極めるべく目を細めて、顔を近付けようとしたノードは、それが冒険者が扱う剣の鋼の輝きだと気が付いたと同時に、何かに足を取られて転倒した。

グチャッ。

そんな音が僅かに主のいない洞穴に響く。

（いつつ……何だ？　濡れてる……？）

ズルリ、と滑ったノードは尻餅をつくように洞穴の床へと腰を打ち付ける格好になった。だが地面が柔らかく衝撃は強くなかった。

支えるように地面についた掌からは泥のような感触がした。

一体何が起きたのかと、手に付着したものを確かめようとノードは顔に近付けた。

！！！

ノードは直ぐにその正体に気が付いた。同時に何故剣が落ちていたのかの理由にもだ。

（く、臭い……！　これは飛竜の糞か!!）

洞穴の外に比べれば暖かい洞穴内部ではあるが、季節に相応しく気温は低い。それゆえ臭気が余り立たなかったのだろう。

また喰い残しなどが腐敗した臭いに紛れていたのもあるかもしれない。

ノードが今いる場所は、一言で言えば飛竜の肥溜《トイレ》めなのだろう。段々と暗闇に慣れてきたノードの視界は、何となく周囲が茶色がかっていることにも気が付いた。

ノードは何とも言えない気持ちで地面から立ち上がった。

感触から言って、ノードの全身は糞に塗れているだろう。

ノードとて冒険者として泥や血に塗れる汚い思いはしたことはあったが、糞便に塗れた経験は初めてであった。

剣は、おそらくだが飛竜に挑んだ（或いは襲われた）冒険者のものだろう。消化されずに排泄されたのだ。この分であれば、ノードが倒れ込んだ糞溜まり――ノードの背丈ほどには積み重なっている――の中には、ギルドカードなどもあるのかもしれない。

力尽きて倒れ伏した冒険者のギルドカードを回収するのは、冒険者としての流儀の一つであったが、流石のノードにも現状で糞に手を突っ込み、漁る気は起きなかった。

（……早く卵を見つけて帰ろう）

すっかり意気消沈したノードだが、直ぐに自分のすべきことを思い出した。そう、飛竜の卵である。

（どこだどこだ……！　あれか！）

探索を続けると、漸くのことで卵を発見する。

木の皮だろうか、解した繊維状の素材が鳥の巣のように集められ、そこに丸っこい卵が五つほど集められている。

飛竜の卵の殻は濃い色をしており、影に溶け込んで見つけづらくなっていた。成人男性の頭部よりも大きいそれは、両手で抱えなければ保持出来ないであろう重量を秘めていることが見てとれる。

（やっと見つけたか。なら早くコイツを……！）

不意に、卵に近づこうとしたノードの耳に、不吉を知らせる音が届いた。ノードは凍ったように身体の動きを止めた。

勘違いか――ではない！

ズシン、微かな振動を伴うその音の正体は――。

（――飛竜！！）

洞穴の主の帰還を知らせるものだった。

§

（どうするどうするどうするどうする――!?）

探索に時間をかけ過ぎたか、それとも帰還が早すぎるのか。はたまた運が悪かったのか。理由はどうあれノードが絶体絶命の危機《ピンチ》に陥ったのは間違いが無い。

洞穴は出入口が一つしかない。

天蓋には穴があり、成人が通れるほどの大きさはあるが、到底登れるような高さではない。それ以前にそんな時間的猶予があるとも思えなかった。

先程ノードが捉えた音と振動は、洞穴入り口に飛竜が降り立った音だろう。

洞穴の道は然程長くはない。直ぐに巣の中に飛竜が戻ってくる。

出入口に向かう――否！

立ち向かって戦う――否、否!!

全てを諦める――絶対、否!!!

今まで直面した全ての中でも超特大。かつて無いほどの生命の危機に瀕していることを理解したノードの頭脳は、僅かな時間で数々の方針《プラン》を立てては却下。導き出された答えは――。

（――隠れるしかない!!）

隠蔽《ステルス》――その行動を選択したノードに待つ次の問題は『何処に』であった。

森林ならば草木の陰に。岩山ならば岩陰に。海岸であっても流木などに隠れられる。

しかしここは生憎飛竜の巣であった。

隠れられる場所など――

（――彼処《あそこ》だ!!）

ノードは、思い付いた次の瞬間にその行動を選択した。

迷い無く、躊躇無く。迅速に、飛び込んだ。

ブチュリ。

洞穴の中に、濡れたような音が僅かに響いた。

§

「――?」

洞穴では僅かに聞こえる風の音だけが主を出迎えた。

数筋の光が射し込む他には何も無い薄暗い空間。

地上には数多いる有象無象も、この天外領域までは侵入出来ない。そう、大空を自由に飛び舞う翼を持つ自分《ひりゅう》たち以外には。

しかし、それでも何か違和感を感じ取った飛竜は、違和感の正体を感じ取ろうと二度三度首を振り、洞穴の中の様子を観察した。

スンスン、飛竜の竜鱗に覆われた鼻腔が、匂いを嗅ぎ取ろうと膨らむ。

それでも違和感の正体は分からない。

もう一度だけ、ぐるりと首を回して洞穴内部を見渡す。

今度は、違和感を感じなかった。

飛竜は吸い込んだ息を吐き出すと、気を取り直して洞窟の奥へと進んだ。

——勘違いか、或いはまたあのキラキラ煩い氷の精が悪戯に忍び込んだか。

冬の間は極寒に閉ざされ、飛竜以外には辿り着けない高所にあるこの洞穴には、卵を狙う不届き者は近づくことが出来ない。

そのため飛竜は己の卵を孵し育てる巣としてこの雪山の洞穴を選んでいた。

しかし、例外として稀にではあるが巣の中に入り込む者がいた。それが冒険者《ニンゲン》と氷の精だった。

忌々しいことに愛する我が子《タマゴ》を盗もうとするその愚か者を、飛竜は例外無く八つ裂きにして喰い殺すことにしていた。

しかし洞窟の内部には冒険者《ニンゲン》の匂いは存在していなかった。例え隠れていようとも、鋭敏な飛竜の嗅覚は汗などの匂いを嗅ぎ付ける。その嗅覚は、巣の中には自分の匂いしかないと告げていた。

氷の精は、冬の間に寒いところならば何処にでも現れる。

それはこの雪山の頂上付近にある、断崖絶壁に位置する洞穴も例外ではない。

魔力の塊であり、全く喰い応えのないその魔法生物を、飛竜は何度か巣の中で見かけた。

悪戯《ちょっかい》をかけてくるその存在が洞穴内部に侵入することに、飛竜は内心苛立っていたがどうにもならなかった。

この洞穴に住み着いてしばらく経ってからは、奴等はこの洞穴に響く風のような自然現象だと思い込むことにした。

卵が孵った後の幼竜《こども》たちなどは、むしろあのキラキラが気になるらしく喜んでいるようだったが。

かつて育てた我が子のことを思い出し、飛竜は僅かに眦《まなじり》を緩ませた。

彼らは既に大きくなり巣立った後であるが、今温めている卵《こども》も同じように立派に育て上げなければならない。

ならば今やるべきことはただ一つだ。

そう飛竜は考え、狩ってきた獲物をガツガツと啄《ついば》み始めた。

§

その様子を、ノードは隠れられる場所――飛竜の糞の山の中から音として聴いていた。

上手いこと外套を利用し糞の中に潜り込んでも呼吸は出来るように隙間を作れた。

卵のある場所からは遠い飛竜の糞溜まり《トイレ》は薄暗く、視界でもそうそう見つかることはない。

ノードの匂いに関しても、全身に纏った飛竜の薫り《悪臭》により、掻き消されているようだった。

飛竜が獲物をガツガツと食べ始めたときなど、ノードはホッと溜め息をついたくらいだ。

(しかし……)

ノードはなんとか九死に一生を得たことで、落ち着き冷静になった頭で考えた。

(ひょっとして、ずっとこのままなのか……)

ノードは充満する悪臭に吐きそうになるのを必死に耐えていた。

洞窟の中には、未だ飛竜が活動する音が響き渡っていた。

21　逃避行

その後、飛竜は巣の中で存分に獲物を食べた後、卵を温め始めたようだった。

糞の山に埋もれながらも、ノードは通気穴として確保した僅かな隙間から、その様子をじっと見つめていた。

王都の飛竜の研究者ならば泣いて喜ぶその様子を、ノードには生きるために観察した。

相変わらず危険な状態にいることには間違いは無いが、同時に最も卵を狙いやすい場所に潜入したとも言える。

耐え難い悪臭を除けば、むしろ機会を窺う最高の場所とも言えるかも知れなかった。

その潜伏場所から観察する飛竜の間近の様子は、決して楽しい暇潰しとはならない。

音一つ立てられない状況である、というのもあるが単純に動きが少ないからだ。

卵を温めている飛竜は、時折身動《みじろ》ぎする以外には殆ど動かない。

(暇だな……)

糞山の中でやれることなどない。

臭さの余り麻痺し始めた鼻から伝わる悪臭にひたすらノードは耐えた。

（………！）

もぞり、身動ぎとは違い大きくドラゴンが動いた。

何だ？

そう考えたノードは次の瞬間凍りつく。

起き上がったドラゴンがノードの方へと近づいて来るではないか。

ズシン、ズシン。

一歩歩く毎に凄まじい震動がノードのいる場所にも伝わる。

何だ!? バレたのか？

ドッと全身から汗が吹き出る心地がした。

体温が上がり、そして顔から血の気が引く。

（一か八か戦うか……無謀だ……クソッ、嘘だろ!?）

腰には剣がある。しかしそれを抜いたところで飛竜を倒せるとも思えなかった。

何が起きた。ひょっとして目が合ったのか。

ノードは震えた。それが飛竜の歩く震動なのか、恐怖によるものなのかすらノードにも分からなかった。

だんだんと飛竜の姿が近づいてくる。

薄暗闇の中でも鱗の一枚一枚が分かるほどに間近に接近し、

（もう駄目か……姉さん、済まない。父上、母上……！）

ノードは己の信仰する神に祈った。そして諦め、これから待ち受ける運命に身震いし、姉のハンナ、父、母、他の家族といった順で、名前を心の中に思い浮かべた。

ノードの視界に最大まで飛竜が近づく。噛み砕くのか、あるいは押し潰すのか、己の最後をノードが思い浮かべて絶望に染まった次の瞬間。

（…………？）

クルリ、と飛竜が方向を変える。

何が起きた。どうした。

ノードの頭に疑問符が浮かび上がる。

そしてその答えは、ボトボト、という音とのし掛かる衝撃によってもたらされた。

（ト、排泄《トイレ》……）

脱力するノード。

糞塗れになり、その上からさらに新鮮な糞を振りかけられるなど屈辱の極みだったが、今のノードにはそんな怒りは微塵も湧いてこなかった。

ただただ、助かった、という気持ちに全身が支配されていた。

§

それ以降は飛竜には動きらしい動きは無かった。

ただ身体を丸め、卵を大事そうに抱えた飛竜はその体温で我が子を温め続けた。

時折身動ぎしたり尾を動かしたりするものの、基本的な姿勢はずっと変わらなかった。

そして何れくらいの時間が経っただろうか。

ノードは再び飛竜が大きく動き出したのを察知した。

排泄物の山の僅かに空いた空間から、飛竜の様子を観察する。

やがて飛竜は振動を洞穴内に響かせながら、何処かへ向かっていく。

自分のいる場所からは直ぐに見えなくなったが、音が少しずつ遠ざかることにノードは気が付いた。

(——狩りに行くのか！)

時計がなく、明かりも殆ど存在しない洞穴内部では時間の感覚に乏しい。

それでも、ノードは体内の感覚から一日かそれに近い時間が経ったのだと気が付いた。

飛竜の足音はだんだんと遠ざかり、そして……。

バサバサ、という羽ばたく音が僅かにノードの耳まで届いた。

(これが最後のチャンスだ!!)

飛竜の飛行速度は速い。

ノードはこれまでの事前情報に加え、雪山での活動、そしてこの一連の危機的状況の経験から、猶予は一時間無いだろうと見ていた。

麓を越えた獲物が存在している地域――森か平野かあるいは別か。とにかくそこから戻ってくるまでが勝負だ。

飛竜は賢い。

匂いこそ糞によって偽装されるだろうが、卵の数が足りないことには直ぐに気が付く筈だ。

そうなれば下手人探し――飛竜が雪山を荒れ狂って探し回るのは目に見えている。

万が一にも飛竜が戻ってこないよう、ノードは慎重にそして迅速に撤収の準備に取り掛かった。

糞の山から這い出たノードは、グチャグチャに汚れた身体に、腰に結わい付けている道具箱《アイテムボックス》から取り出した装備を身に着ける。

それは、見た目は赤子を抱える背負い紐《おんぶ》に似ていた。

事前に用意してきた、卵を保持する道具である。

素早い作業で卵の一つを確りと結び付けると、それをノードは鎧の上から身に着ける。

ズシリ、と見た目よりも重い卵の重量がのし掛かる。

（お、重い……鉄か何かで出来てるのか!?）

卵というよりは、むしろ以前採取した氷精石などの鉱石の方が比較的近い。そんな重量物をぶら下げながら、ノードは飛竜の巣を後にした。

§

巣の出入口に近づくと、再び風の音が強くなる。

滑って卵を割らないように、慎重かつ急いで洞穴の外へと出たノードを迎えたのは、強く吹き付ける雪風だった。

「吹雪とは！」

雪山の天気は完全に崩れていた。

空は暗く重い雪雲が覆っており、流れの速いそれは視界の果てまで続いている。

吹雪は止みそうには無いが、モタモタしている時間は無かった。

これが普通の依頼であれば、天候が回復するまで洞穴で待機するところだが、そんなことをしていれば直ぐに飛竜が帰還してしまう。そのときに巣の中にいる所を発見されてしまえば、ノードの運命など論ずるまでもない。

また、糞便の中に戻るのも選択肢として無かった。

それは感情的な問題ではなく、体力制限的な問題だった。

不幸中の幸いで、ノードは難を逃れることに成功したが、おそらく一日近くが経過している。

その間ノードは、ろくに休息を取ることが出来なかった。

悪臭の中、身動《みじろ》ぎすら出来ない姿勢のまま待機し、飛竜と同じ空間にいる。肉体的にも精神的にも疲弊しており、加えて食事も摂れていない。

これが温暖な季節ならばまだしも、極寒の冬の雪山となれば、今のうちに食糧のある休息の出来る場所まで移動しなければ、天候が回復しても下山途中で倒れてしまう可能性は高かった。

ノードは直ちに行動した。

幸い、卵を抱えていても装備のお陰で両手両足を動かすことが出来る。

ノードは汚れた手を手早く雪で洗った後、事前に用意しておいた偽装した縄《ロープ》を摑むと、勢いよく崖下目掛けて山肌を蹴り下りた。

卵の重量が合わさった体重を支えながら、風に揺れる縄《ロープ》を使い素早く崖を駆け下りる。

崖を蹴るようにしながら、ロープ少しずつ滑らせ下りる。

崖を直接摑んで下りるのに比べれば格段に速いその動きも、悪条件が重なればもどかしいほどにゆったりとならざるを得なかった。

ようやっとのことで崖の途中、中腹まで辿り着いたノードは、そこに隠しておいた背嚢を摑むと崖下へと投げ捨てる。

中には食糧などが入っており、今後必要になるが、予想以上の重量をみせる卵に加えて、荷物入りの背嚢まで抱えて下りるのは無理だと判断しての行動だった。

再び崖を縄《ロープ》を使い降下するノード。

途中風が弱まり、降下の速度を速めることに成功する。

しかし、それでも崖下に下りる頃には累計ではかなり時間を使っていた。

近くに埋もれていた背嚢をひっ摑むと、ノードは吹雪の中荷物の中身を取り出した。

雪靴《カンジキ》だ。

それを凍りついた飛竜の糞が付着する足へと装備すると、ノードは重量のある卵を抱えながら、背嚢をひっ摑んで敢然と再び強く吹雪だした雪山の道を歩き出した。

§

(くそ……雪靴《カンジキ》を履いていても足が雪にとられる！)

既に、かなりの時間が経過しているだろうことを、ノードの体内時計は告げていた。

事前の準備が無ければ、今でも崖にしがみついていただろうが、然りとて事前の想定よりも進捗《ペース》が遅いことには変わらない。

このままでは飛竜に発見されることは避けられないだろう、ノードはそう危惧した。

(災難続きだな……何か手は無いか？)

吹雪によって、飛竜の狩猟が手間取ったり、帰還が遅くなることは考えられる。

しかし、それはあくまでも希望的観測であり、実際はむしろ早く帰ってくることだって有り得る。飛竜が侵入者に気が付くまで残された時間は少ない。

その間にどうするかを考えなければならない。

最良は麓までたどり着いてしまうことだ。麓には偽装した野営地もあるから、持ち込んでおいた物資を使って体力を回復させればよい。

その後は飛竜に見付かりにくい時間を見計らい、迎えの馬車との合流点まで移動すればよい。

問題はどうやって麓まで移動するかだ。重い雪に足をとられ、背嚢に準備しておいた歩行棒《ステッキ》を使ってもノロノロとした歩みにしかならない。

徒歩では丸一日使っても辿り着けないだろう。

次点は何処かで休息を取ることだ。

幸いにも背嚢の中には道具を用意している。

雪を掘り、雪洞を作れば風の影響は最小限だ。食糧もあるから、休息が取れる。

この案の問題は、移動が出来ない、ということだ。

吹雪がいずれ止めば移動もしやすくなるが、同時に飛竜からも発見されやすくなるだろう。

それを回避するには飛竜が卵を諦めるまで待つ必要があるが、どれくらいの間、飛竜が探し回るか分からない、ということだ。

現在地は飛竜の巣から余り離れることが出来ていない。

麓ならばまだしも、我が子を探す飛竜は、巣の周辺くらいは飛び回るのではないだろうか。

仮にだが、もし一週間、飛竜が卵を探し回るなら、その時点でノードの帰還は絶望的になる。

背嚢の中の食糧はもって三日だからだ。

周囲が雪に閉ざされた場所では狩猟による食糧調達など望めない。

（せめてもっと先まで移動してからなら可能性は高まるか……いや、同じことだ！）

その移動手段が問題なのである。

せめて飛竜の行動を読めれば、とノードは考えたが、生憎その情報は革の手帳《ぼうけんのしょ》には記載されていなかった。

王都の冒険者の中に、卵泥棒を成功させた者がいなかったのだ。

王都で飛竜の卵を手に入れた経験のある冒険者は、皆白銀級《シルバー》冒険者以上だった。彼等は「飛竜をぶっ殺してから持って帰ったから分からない」という最優秀な解答をノードにくれた。

それが出来れば苦労はしなかった。

（くっそー！　アイツら何杯も酒杯《エール》を要求したくせに……！　いや、価値ある情報だったけど）

実際、彼等の持つ冒険者としての経験談は非常にためになり、そして面白いものが多かった。問題は実力差が有りすぎてノードにはその手段で実現することが不可能だということである。

そうこうしている間にも刻々と時間は過ぎている。

恐らく既に四半刻は過ぎているはずだ。残り半分も無いだろう。その間に行動方針を考えなければばならない。

問題は移動なのだ。

どのみち飛竜の巣からは離れる必要がある。

麓で時間を過ごすか、出来るだけ移動して雪洞避難《ビバーク》するか、どちらか。

巣からは離れるほど発見される可能性は下がるから、移動のための方法が必要になる。

（移動……移動……移動……そうだ！）

吹雪の中、引き摺るように雪の中を行軍するノードは、頭の中の記憶を引っ張り出していた。

この吹雪の中で手帳の中身を確認する余裕はない。

その中で、かつて聞いた知識の中に思い当たるものがあった。

『滑雪《スキー》』

そう呼ばれるものだ。

北方の国で使われるというその技術は、ノードが今利用する雪靴《カンジキ》のように、細長い板を取り付けるというものだった。

雪靴《カンジキ》と同じで足が雪に沈まないようにするのは勿論、板が雪の上を滑るので、斜面を高速で移動できるのだという。

冬の間、ハミル王国の北部は雪に閉ざされる。

それゆえそういった道具の研究は、北方の騎士団がしているらしく、その流れなのだろう。父と兄がフェリス家で話しているのを聞いたことがあった。

（これだ……！　そうだこの方法なら移動できる！）

要は橇《そり》みたいなものだ。

これならば下り斜面である帰路は滑り降りて大幅に時間を短縮出来る。

幸い雪靴《カンジキ》があるから、板を靴に取り付けることは容易だろう。

（よし、そうとなれば滑雪板《スキー》を作らなければ、板の材料を……材料を……）

ノードは良い考えだと思ったそれは、直ぐに別の問題へと直面した。

材料が無かったのである。

辺り一面雪に覆われている。枯れ木すら見当たらない。

こんな状況でどうやって板を作れるというのだろうか。

ノードは一瞬ではあるが希望を持てたがために、落差で絶望をも一瞬にして味わった。

こんな簡単な問題にも気付かないとは。

ノードは自嘲した。

普段ならば簡単に気付いただろうに、余程己は疲れているのだろう。

何せ丸一日は飛竜の巣の中である。それ以前も崖を上ったり、縄をかけたりと作業ばかりだ。

それに加えて体温も下がっていることも関係しているだろう。

食事も休息も取っていない。さらにはこの吹雪だ。

吹き付ける風は極寒で、瞬く間に対象の熱を奪い、凍り付かせる。

それはノードが身に纏う装備も例外ではない。

（さっきから歩きにくいと思ったら、飛竜の糞便が凍りついてやがる）

飛竜の巣で潜り込んだときに、全身にまみれた飛竜の糞が凍っていた。鎧を動かす度に付着した氷の糞が風に飛び散る。

（外套なんて完全に凍りついてる、これではまるで……）

特に一番糞尿と触れただろう、ノードの身を飛竜の糞から守っていた外套《ローブ》は、一日の間に水分を含んでいたのかカチコチに凍りついて柔らかさを失っていた。

まるで板のように固くなり、その性質を変えていた。

（…………！）

再び、ノードの頭に素晴らしい天啓《アイデア》が降りてきた。

§

ガタゴトと揺れる馬車の中にノードはいた。

飛竜の巣からの脱出後、逃避行を続けるノードは、急いで魔石竈《コンロ》で湯を沸かした。

その湯で一度外套《ローブ》を解凍し、真っ二つに裂き、たっぷりと水分を含ませた。形を整えられたそれは極寒の吹雪に晒されると、あっという間に凍りついた。

そうなるとあとは早かった。

雪靴《カンジキ》を使って即席の滑雪板《スキー》を取り付けたノードは、卵を抱えて斜面を滑走した。

運も味方したか、吹雪も直後に弱まり、視界が多少良好になる。

登りの道で長い時間をかけて苦労した雪山の斜面は、滑り下りればあっという間だった。

この滑雪《スキー》というのは凄いもので、ノードは歩行棒《ステッキ》などを利用して、自在に曲がることも出来た。

山の壁面に激突しないよう、いざとなれば卵を守るように抱えて、剣を使って制動《ブレーキ》を掛けようと思っていたノードだが、その心配はいらなかった。

ノードは直ぐに体重移動で動きを制御出来るようになり、はじめは平地での歩行程度だった速度は、走るよりも速くなる。

丁度、ノードが山の麓まで滑り降りたときに、雪山中に飛竜の怒声が響き渡った。

その激しさといったら、雪山が崩れ落ちるほどであり、轟音と共に流れ落ちる雪の濁流は、氷の精や雪巨人《スノーゴーレム》をも呑み込んで麓の森にまで辿り着き、木々を粉砕していった。

野営地は離れたところにあり、ノードは既にそこまで辿り着いていたから無事だったが、あのまま雪山を徒歩で移動したり、雪中避難《ビバーク》していたら惨事になっていたところだった。

その後、飛竜は一週間ものあいだ卵を盗んだ下手人を探し求めていた。

常に飛び回るわけではないが、明らかに狩猟以外の目的で雪山を飛び回っていた。

ノードは野営地で温かい食事と休みを取ったが、流石に風呂には入ることが出来ず、簡易的に身体と鎧とを拭き取ることしか出来ない。

それでも臭いは大分マシになった。（とノードは思う）

そしてその後、卵を諦めたのか、普段通りの行動になった飛竜を尻目にノードは雪山地帯を後にした。

近くの町で金を払い、王都行きの馬車に乗り込むとノードはようやくのことで王都への帰路に就いた。

馬車は多く金額を支払うことで貸し切り《チャーター》することが出来た。ノードは無駄な出費は嫌っていたが、卵をいち早く持ち帰る以上致し方のないことだった。

ノードは馬車に揺れながら、大事に抱える飛竜の卵を見る。

この卵を入手するために、何だかんだ一月以上の時間をかけていた。

厳冬期の雪山は厳しく、命の危険もあれば想定外の事態もあり、そしてそれを乗り越えることでノードは自分自身がより一段と成長したように思った。

今回の飛竜の卵を採取するために、情報を聞き出し、様々な道具を用意し、そして使った。

出費もかなりの額になったが、十分すぎるリターンを得た。

ノードは改めて卵を観察した。

飛竜の巣内部では、薄暗くそして吹雪の下ではよく見えなかったその外見は、黒というよりは灰色に近い。

暗灰色といったところか。

表面はつるつるしているが、滑りやすいということはない。

しかしかなり重いため、ノードは揺れに対する工夫としてそのままおんぶ紐の装備を利用することにした。

「やれやれ、しかし卵《おまえ》には苦労したよ」

ノードは飛竜の巣から逃げ出してからのここ最近の暮らしを思い出す。

無事に飛竜の捜索を撒くことに成功したノードだが、野営地での生活は物資こそしっかりしていたものの、あるミスによりノードは自ら快適な野営生活を失ってしまった。

それは飛竜の卵をどう保管するかである。ノードは盗み出すことは計画としてしっかり物資から作戦まで準備しておいたが、重い卵をどう保管するかは考えていなかったのである。

珍しく準備に失敗したノードは、地べたに卵を置くわけにも行かず、何だかんだでずっとおんぶ紐を使い固定することにした。

他の動物や魔物などが卵を狙う可能性が残っていたため、結局ノードはずっと身体に抱える羽目になったのである。

寝返りや、転んで卵を潰さないか心配でノードは細心の注意を払いながら過ごした。

そして飛竜が諦めたのを確認すると、近くの町まで移動した。当然卵を抱えながら。

町で馬車に乗り、こうして王都へ向かう途中も、飛竜の卵を抱えたままだ。

だがその苦労ももうすぐ終わる。

王都へ帰還したら、この飛竜の卵を鉄竜騎士団へと売り飛ばすのだ。その代価を受け取り、フェリス家は借金を返済する。

それでも全額にはならないのが恐ろしい。

ノードはある意味で飛竜以上に恐ろしい『利子』という魔物に恐怖を抱いた。

「この重さもお別れだと思うと少々名残惜し……!?」

冗談半分にそう呟き、卵の表面に視線を落とす。

そこでノード思わず目を疑った。

「罅《ひび》が……!?」

何処かで落としたか。或いはなにかにぶつけたか。

飛竜の卵は高額だが、それは当然正常なものに限る。

腐ったりすれば価値はないし、ちゃんと生きた卵だとしても罅があればそれを理由に値引きされるかもしれない。

ノードにとって目の前の卵は最後の希望なのだ。

いや、飛竜の巣に行けばまだ四つほど残ってはいたが、流石のノードも怒り狂う飛竜の巣へと再び潜入する気は起きなかった。

「くそ、何かで補強出来ないか!?」

せめて卵の被害を軽減しようとノードは考える。しかし持ち込んだ荷物と言えば、あとは背嚢くらいなものだ。

その中に使えそうなものはノードの記憶の限り無かった。

「あと少しで王都なのに……!?」

再びの驚愕がノードを襲う。

僅かに、暗灰色に染まった卵の表面に入った罅。

それは卵を抱えるノードの目の前で更に広がっていくではないか。

何が起きてる。

考える間にも罅は大きくなり、やがて亀裂に化した。

それが何を意味するのか、ようやっとのことで再起動を遂げたノードの頭脳が正解を導き出すと同時に。

ソレは産声を上げた。

「きゅぅ〜」

皺くちゃの鱗も生え揃っていないそれは、頭に卵の殻を乗せたまま、眩しそうにして瞼を開いた。

その瞳はまず初めにノードの驚愕した表情を捉え——そして吸い込んだ息に、卵の中にいたときから知っていた『匂い』を嗅ぎとって、安心したように飛竜の雛はノードの胸元へと頰を摩り寄せた。

エピローグ

ゴーン、ゴーン
教会の大鐘が鳴る。

その音は王都に響き渡り、春の訪れを喜ぶ王国の民たちに新たな夫婦が誕生したことを告げていた。

絢爛な意匠が施された装飾は神々しさを秘めており、その場所が特別であるのだということを、それを目にする者へと無言で語りかける。

現にこの場所――教会の奥にある祝福の間と呼ばれる祭儀場――に居並ぶ列席者たちは、皆がノードが懐いたのと同じような感覚を覚えているはずだ。

白を基調とした部屋に引かれた一筋の深紅の絨毯。

その両側には、向かって右手に新郎側の親族が、そして反対側には新婦側の親族が並んでいた。

皆が一点に注目している。

そこは階段状になっていて、階段を何段か上った場所には祭壇が置かれている。

祭壇の奥には豪奢な装飾が施された衣装を纏った老人がいる。

金糸で施された刺繍の意匠からはその者がハミル王国で広く信仰されている宗教勢力の高位司祭だということが読みとれる。

司祭は祭壇越しに向き合っている二人の男女——美しい装飾の衣服を着た新郎と新婦へ何語かで語りかける。

「————」

「————」

新郎新婦もそれに答える。

何れの言葉もハミル王国の日常生活では聞きなれない『神聖語』と呼ばれる神聖な力を秘めた言語だった。

問答を済ませた司祭が今度は何事かを呟くと、祭壇のある場所へと光の薄衣《ヴェール》が降り、新郎新婦を包み込む。

それはやがて二人の身体に吸い込まれるようにして消えると……。

列席者からは万雷の拍手をもって迎えられた。

先程の儀式はハミル王国の貴族の結婚式で行われる祝福の儀式であり、新郎新婦の健康と繁栄を祈る神の奇跡《ブレス》と呼ばれる種類の魔法だった。

列席者たちに向き合った新郎新婦は、照れ臭そうに赤絨毯を下りていく。

互いの手を握りあった二人が列席者の間を通り過ぎる。

神殿の外まで続く赤い絨毯の上を、二人は背に拍手を浴びながら一歩一歩しっかりと歩いていった。

その姿を、ノードは新婦側の列席者として見つめていた。

不思議なことに、ノードだけが他の人間と違って灰色の外套《ローブ》を目深に被っていたが、全ての人がそれを注意しなかった。

§

「えー……新郎の……新婦の……」

神殿での儀式終了後、新郎新婦とその列席者たちは、場所を神殿から別の場所へと移していた。

王都の一角にある貴族邸宅で、新婦側の人間にはとてもよく見知った場所――つまり実家であるフェリス家邸宅だった。

その貴族としての格に見合った無駄に広い庭は、家令のアレクをはじめとしたフェリス家の労力をもって完璧に整えられていた。

その庭に並べられた大机には、所狭しと料理が並べられて、居並ぶ列席者たちは椅子に詰めて座っている。

下位貴族といえども、古くからこの王都に居を構えるフェリス家の邸宅はかなりの広さがあるのだが、その敷地をもってしても手狭だと感じるほどの列席者だ。

特に新婦側の列席者が多いように見受けられた。

（こんなに一杯人が来てくれるなんて……良かったな、ハンナ姉）

ノードは庭に設けられた、新郎新婦の席へと視線を向ける。

そこで司会から祝いの言葉《スピーチ》を受け取って微笑んでいる姉のハンナは、美しい衣装《ドレス》に身を包み華やかな装飾の品を身に着けている。

その姿はイルヴァ一の花嫁といった風情であり、身内の贔屓目を除いてもハッとするほど美しかった。

新郎だけでなく、列席者のうちの未婚の女性などは自分の花嫁姿を思い重ねているのか、ポーッと熱に浮かされたように見詰めている。

妹たちも「いいなあ」と小さく独り言を呟くのが聴こえて、ノードは微笑ましくなった。近くの親戚のマダムが「わたしも若い頃は……」と言っていたのは無視した。

新郎の貴族の男も誠実そうな美男子であり、お似合いの夫婦《カップル》といった具合だ。

ノードはその光景を、感慨深く見詰めている。

母親のマリアが感涙を眦《まなじり》に浮かべてハンカチで押さえているのが見えた。

スピーチは続く。

その感動的な内容に興味はないが、ノードは姉の美しい花嫁姿と、そして姉を祝福しようとするこの場の空気をいとおしい大切なものだと思った。

であれば、見知らぬ新郎の上司の貴族の言葉《スピーチ》ですら大切なものに思えた、のだが。

その空気を引き裂く声が披露宴会場へと響き渡った。

「きゅい！　きゅい！」

甲高いその叫び声が祝辞《スピーチ》の声に割り込み、中断する。それにより列席者の注目が声の主へと注がれた。

「きゅー♪　きゅー♪」

「お、お前、さっきまで寝てたのに……！」

その声の主は、果たしてノードが被った外套《ローブ》の中から現れた。

人ではない小さな身体。ノードの頭ほどはあろうその姿は、新緑のような鮮やかな緑の鱗が生え揃った飛竜――その幼体だった。

狼狽したノードが小さな声で、何とかその幼竜を宥めようとする。

気付けば、列席者の視線は幼竜と、それを肩に乗せたまま静かにさせようとするノードへと注がれていた。

「ほう……あれが」

「新しい……」「フェリス家の三男か……」

「鉄竜騎士団のねえ……」

ヒソヒソと、あちこちから囁く声が漏れ聞こえる。

しかしその目や声は好奇心こそ滲み出て隠せそうにないながらも、礼法《マナー》のなっていない者に向ける侮蔑の感情などは一切含まれていなかった。

話を中断された年配の貴族の男や、新郎ですらも怒りや戸惑いというよりは好奇心である。姉のハンナは何時ものように優しい微笑みを浮かべていた。

「きゅ、きゅー？」

「静かにしてくれ！」

小声で怒鳴る、という技術のいる方法で幼竜を叱るノードだが、肝心のノードの意図は幼竜には伝わっていない。

然もありなん。この緑の幼竜は先だって生まれたばかりであり、今は食べては寝て、そして親《ノード》と遊ぶのが楽しみなお子様である。

結婚式だから黙れ、などの意図を察する能力はなく。むしろ「なぜみんなこっちを見てるの？」と興味津々であった。

「もー、しっかりしてよ」

姉の結婚式を中断させてしまい四苦八苦するノードの助けは横から現れた。

妹アイリス、御年六歳。

この春の結婚式に先駆けて、一つ年を重ねたノードの可愛い妹である。

彼女、アイリスはテーブルに並べられた料理をひと切れ摑むと、「あーん」といって幼竜の鼻先に差し出す。

幼竜は鼻腔に漂うその美味そうな匂いにピクピク鼻を鳴らすと、差し出された料理をパクリと食べた。

カツカツ、と咥えた料理――餌をノードの灰色の外套《フード》の中へと引きずり込むと、その奥に作られた袋のようになった場所で幼竜は美味しそうにそれを啄んだ。

「あ、すみません」

外套《フード》の中に引っ込んだ幼竜の様子に安心して、ペコリと挨拶者に頭を下げる。すると年配の貴族は何事も無かったかのように話を再開した。

それに合わせてノードと幼竜へと視線を投げ掛けていた他の列席者たちも、次々と視線をもとに戻す。

「ありがとう、助かったよ」

妹のアイリスへと小声で囁くと、アイリスは「どういたしまして」と小声で囁き返す。少し自慢気に胸を張るのが可愛らしかった。

再び幼竜が騒がないように、ひょいひょいと目立たないように料理をくすねて外套《フード》の中へと放り込む。

それを受け取った幼竜は、カツカツと微かな嘴の音がぶつかる咀嚼の音を立てながら、腹一杯にまで食べると、最後の一枚には興味を無くし、再び外套《フード》の奥の袋の中で眠りに就いた。

§

「な、おま、は……え……」

パクパクと、空気を求める魚みたいに声にならない叫びを上げながら口を閉口させるノード。

その気持ちを知ってか知らずか、ノードへ驚愕をもたらした原因――その存在である飛竜の雛は、スリスリとノードの胸元へ頬擦りを続けている。

「きゅ～」

と鳴くその声は、小さく甲高い。しかし敵意を抱いた対象への攻撃的な意図ではなく、反対に愛情を求めるような好意の音色だった。

頭の上に乗っかったままの卵の殻を、何となく持ち上げる。

指先で摘まんだそれは、分厚く硬く、そして重たかった。

「！」

頭が急に軽くなった雛は何だと回りを見回し、先ほどには無かった大きな影、それが卵の殻を持ち上げたのだと気が付くと、今度はその手にスリスリ身体を摩り寄せ始めた。

ノードはその光景を見ながら、

(卵の重さは殆どがこの卵の殻なんだろうか)

などと現実逃避の思考を始めていた。

しかし現実は変わらない。

カラカラと馬車の車輪からの音が軽いものに変わる。

荷台に伝わる振動もガタゴトと激しいものから穏やかものに変化。王都が近づき始めた証拠だった。

しかし、溢したミルクが元には戻らないように、割れた卵――孵化した事実は元には戻らない。

「旦那、着きましたぜ」茫然自失したノードは促されるままに王都で貸し切った馬車を降りる。

馬車は荷台に忘れ物がないのを確認すると、何処かへ走り去っていった。

そこから家までどうやって帰ったのか、ノードの記憶には残っていなかった。

フェリス家邸宅へと戻ったノードは、久し振りの我が家だというのに気が重かった。

理由は言わずもがなで、今はノードの手に持つ布――外套《ローブ》の残骸の中で、スヤスヤと眠る飛竜の雛である。

卵が孵ってしまった後、きゅいきゅい鳴く雛を抱えながら、卵の殻を回収、それらを纏めた荷物を抱えてフェリス家までどうやってかたどり着いたノードだが、今回のことをどう説明したものかと思い悩んだ。

しかし家の前で突っ立っていたところで何かが変わるわけではない。ノードは重い足取りで、仕方なしに屋敷の中へと入っていった。

「ただいま帰りました」

「我が息子《ノード》よ、よくぞ無事に帰ったな……!?」

ノードの帰宅を知った家人が出迎える。

帰宅をする旨は既に近くの町で、早馬で知らせるよう頼んでいたからだ。

使用人がノードの帰宅を知ると、足早に当主である父のアルバートを呼びに行く。

それを受けて、どうやらノードが無事怪我も無く帰ってきたらしいと喜んだ父親のアルバートの表情は、次にノードの手元を見て驚愕に染まった。

ノードが腕に抱えた布切れが、俄にゴソゴソと蠢き始めたからだ。

「きゅう?　きゅう~?」

小動物の鳴き声にも聞こえる声は、その布の中から聞こえる。

「その……つまり……」

歯切れ悪く返事をするノードの姿は、親に叱られる子供のようにも見えた。

言い淀むノードだが、ついに観念して布の中身を外気に晒し出す。

布の中から姿を現したその中身は、目覚めたばかりの元気一杯な顔付きで、薄暗いフェリス家の邸内を見渡した。

「きゅ？」

ここどこ？　そう言わんばかりの声を上げるそれは、生まれてそれほど時間も経っていない幼い幼竜のものだった。

「こういうことです……」

「…………」

知《早》らせを受《馬》けて、予想していた展開とは大きく異なる事態にノードの父であるアルバートは、何と言えば分からず沈黙で返した。

屋敷の中には「きゅ？　きゅ？」という幼竜の鳴き声だけが静かに響いていた。

§

ノードが企んだ飛竜の卵を売却するということは不可能になった。当然、孵化してしまったからだ。

飛竜の卵の殻にも多少の価値はあるようだが、それは生きた卵に比べれば些少にも過ぎる金額だった。

鉄竜騎士団に卵を売却するため、事前に渡りを付けてくれていたノードの父であるアルバートは、ノードの口から冒険の顚末を聞いたのち、押し黙った。

台所から幼竜にも食べられそうなものを貰って、腹が膨れた飛竜の雛はスヤスヤとノードの膝の上で眠っている。

「それにしても、よく懐いてるな」と口を開いた父親に、ノードはどこか他人事のように「ひょっとしたら母竜の匂いがついてるからかも」と卵から孵って後、親に甘えるような仕草を見せる幼竜についての私見を述べた。

アルバートはしばらく考えた後、「出掛けてくる、家で待っていろ」とノードに告げて屋敷を後にした。

関係者に謝罪しに行くのだろうか、ノードはそう予想した。

入手する筈だった卵が手に入らなくなったのだ。

鉄竜騎士団で使われる飛竜は卵から孵した飛竜のみが使われる。野生の飛竜を調教するのは不可能だからだ。

その人工孵化させた飛竜とて、かなり獰猛な性質を示して容易には乗りこなせないという。

戦力に見合うだけの労力《コスト》が飛竜の使役には伴うのだ。

そういえば、とノードは膝の上でくぅくぅと寝息を立てる幼竜を見ながら思う。

(聞いてたよりもやけに大人しいよな……まあ子供だからかな)

凶悪な魔物とて、赤子の頃はとても可愛らしいものだと聞く。

ノードは、冒険者ギルドの酒場で酔っぱらうといつも「もふもふ」の素晴らしさについて語り出す女冒険者のことを思い出した。

たしか彼女が大声で牙刃猛虎《ブレードタイガー》の子虎が如何に可愛らしいかを演説ぶっていたのを覚えている。

そのときは「白銀級冒険者《シルバー》が相手にするような魔物に可愛いもクソもあるか」と感想を抱いたものだが、なるほど。

随分と長いこと待たされる間に、膝上で眠る幼竜の顔を眺めていたが、確かに可愛らしいとも思えなくはなかった。

まあ、それ以上に「この小さいのがあんなデカイ飛竜になるのか」という感想が強かったのだが。

一体、どれくらいの間待たされただろうか。

当主直々に待機を命ぜられていたため、迂闊に出歩くことも出来ず、幼竜を観察したり、飽きて壁紙の模様を眺めたり、果てには机の木目の模様が何に見えるだろうか、などと考えて暇を潰していると、俄に屋敷が騒がしくなった気がした。

帰ってきたかな。ノードはそう予想して居住まいを正す。

身動ぎしたノードに、膝の上に眠っていた幼竜が何だと起きて首をもたげた。

ガチャリ、と扉の取手《ノブ》が回る音がしたと思いきや、勢いよく扉が開け放たれた。

果たして、そこには父親の姿があるが、他にも別の人物の姿も見受けられた。

挨拶するために椅子から立ち上がり、机の上に幼竜をどける。

それにより完全に覚醒した幼竜は、机の上より膝の上がいいと、ノードへと抗議の声を上げる。

その一連のやり取りを、父親が帯同してきたノードの見知らぬ人物は具《つぶさ》に観察していた。

「こちらの方は……」

父親のアルバートがノードにその人物の正体を告げる。

「鉄竜騎士団の副団長であらせられる」

ノードの目が、驚きで見開かれた。

§

簡単に自己紹介を済ませた壮年の男――鉄竜騎士団副団長は、自らを「ゴルドウィン」と名乗った。

その名前は、ノードも聞いたことがあった。勲功甚だしいハミル王国の英雄の一人だ。

ゴルドウィン副団長は、それで、と言葉を切り出し、

「その竜が、君の飛竜かね」

と尋ねた。

視線の先には、完全に目が覚めてノードにまとわり付くようにじゃれる緑の鱗をした幼竜の姿があった。

静かにならないだろうか、そう考えるがノードの膝の上でたっぷりと眠って元気一杯の幼竜は、

ノードに構ってと言わんばかりに手に身体を擦りつける。

「ええ、はい、その孵ってしまいまして……」

歯切れ悪くノードは手元の幼竜についてそう語った。

他にもゴルドウィン副団長は冒険者をしていることなども質問し、そしてそれは飛竜の巣での顚末にも及んだ。

「その、実はまだ風呂に入れてなくて、ご不快かと思いますがご容赦くださいますよう……」

「はっはっは。冒険者だものな」

道中も簡易的な清掃はしたが、湯船に浸かるように全身を洗えるわけではない。帰ってきたばかりのノードは冒険の道中で溜まった垢はそのままで、さらにこびりついた飛竜の〝糞〟の臭いがまだ残っていた。

軍人故に、そのあたりの〝耐性〟も強いのだろう。

特に鉄竜騎士団ともなれば、王宮の警備などが主任務の近衛騎士団と違って余程そういった遠征などにもなれていているに違いない。

ノードはまだ己が幼かった頃に起きた戦役で、どれほど鉄竜騎士団が武功を上げたかの逸話について思いを馳せた。

豪快な笑い声を上げたゴルドウィン副団長は、全く意に介せずといった具合に話を続ける。

「フム……しかしよくなついているね」

「え？　は、はい……」

途中、ゴルドウィン副団長は父親であるアルバートに何事かを呟いた。席を立ったアルバートが家令のアレクを伴って戻ってきたとき、アレクの手には肉をスライスしたものがあった。

「食べさせなさい」というゴルドウィン副団長の指示のもと、ノードはそれに従い幼竜に肉片を与えた。

ノードの手に乗った肉片に興味を示した幼竜は、その深緑色の鱗に覆われた小さな鼻をクンクンとさせたのち、カツカツと嘴を鳴らしてノードの手から餌である肉片を啄んだ。

旺盛な食欲を見せた幼竜は、持ってきた肉を全部平らげ、アレクが追加した肉も半分ほど腹に納めたところで、満腹になったようだ。

ケプッ、と音を立てて胃の空気《ゲップ》を吐き出したのち、幼竜は眠たそうにし始めた。

幼竜はモゾモゾと蠢き、ノードの方へ近づくと、机の上からノードの膝上へと落下しスヤスヤとそこで寝息を立て始める。

押し留めようとしたノードだったが、ゴルドウィン副団長に手の動きで制止され、ノードは幼竜に為されるがまま膝をベッドにされている。

それら一連の行動を興味深く観察していたゴルドウィン副団長は、納得したように頷く。

そしてノードの父親であるアルバートに視線を向けると、「……ということで」「よろしくお願いします」とノードを尻目に会話を始める。

事前に話がついていたのかもしれない。

すぐに会話は終わり、そしてゴルドウィン副団長はノードに向き直った。

ノードはその視線に居竦められ、ピンと背筋を正した。

膝には幼竜がいたため、立ち上がることは無かったが、そうでないなら直ちに椅子を蹴って起立した直立不動の姿勢をとる勢いだった。

そしてゴルドウィン副団長は口を開き、

「ノード・フェリス、貴卿を鉄竜騎士団の見習い騎士に任ずる！」

「は、はい!?」

ノードが予想もしていないことを口にした。

ノードの声が裏返ったのに突っ込む者は誰もおらず、膝上の幼竜がした欠伸の声は、部屋の中に静かに溶けて消えた。

§

結論から言えば、その後ノードの目的は無事に達成できた。

飛竜の卵を売り払い、フェリス家の借金を返すという方法は駄目になったものの、代わりにノードが鉄竜騎士団へと入団することが決まったのだ。

まだ見習いであり、大した給与を貰っているわけではないが、それでも並みの騎士より俸給は良かった。

借金が返せたわけでも大金が手に入ったわけでもないのだが、フェリス家の一員であるノードが、鉄竜騎士団というハミル王国最強の騎士団に入団したことは相手方――新郎の親族に強く受け止められたらしい。

そこには様々な思惑があっただろうが、何はともあれ姉のハンナとの結婚は無事に纏まり、そして雪解けを待って結婚式を挙げることが決まった。

姉のハンナは泣いて喜び、母親のマリアは感涙の有り様であった。兄弟姉妹も祝福し、そして春には幸せな花嫁の姿が見られた。

その後ノードはというと……。

「見習い《ノード》！　走れ!!」

鉄竜騎士団の見習い騎士として、騎士団に入団後上官に絞られる毎日を送っていた。

「了解！」

軍学校を卒業はおろか入学すらしていないノードは、精鋭中の精鋭騎士の集まりである鉄竜騎士団の面々によって、騎士のイロハをその身に叩き込まれることになった。

貴族家に生まれ育ったノードは、礼法の類は最低限なら身に付けている。そのため、訓練の比重は主に騎士団員として必要な軍人としての知識と、そして、何よりも大切である戦闘技能の習得に振り分けられた。

仮にも水晶級《クリスタル》冒険者の冒険者であるノードではあるが、全員が白銀級《シルバー》冒険者並みと言われる鉄竜騎士団からすれば、それこそ尻に殻がついた幼竜みたいなものであった。

「ゼエ……ハア……ハア……ウップ」

それなりに体力には自信があったノードだが、その自信《プライド》はあっという間に打ち砕かれた。

基礎体力の鍛錬と称して、実施される〝超〟距離走を吐きそうになりながらも走るノードに、訓練教官としてつけられた先輩団員の叱咤の声が飛ぶ。

「ゴラァッ!! 足緩めんな!! このあとの乱取り百本追加!!!!」

飛竜も斬くあり、というような腹から出された怒声がノードを襲う。

嘘だろ。マジかよ。くそ、いっそ殺せ……。

込み上げる感情を喉元で抑え込み、ノードはただ「了解!」と返して走る速度を上げるしかなかった。

走り込みの後は本物の武器を使った実践訓練が待っている。

『死ななければ問題無い』とは初日にノードが言われた言葉だ。腕が飛んでも腹を刺されても『回復魔法がある』ため問題無いと、一切の容赦が無く訓練が行われる。これらの情け容赦ない訓練を経て、ノードは否応なしに強く、逞しくなっていった。

「きゅい！　きゅい！」

王国内にある鉄竜騎士団の鍛練場で、既に半死半生といった体《てい》で走り続けるノードを応援するかのように、声援らしき声が届けられる。

その声は卵から孵ってから一回りも二回りも大きくなった飛竜の雛からであった。

既に身体も大きくなりノードの頭ほどだった体長《サイズ》が既にノードの胴ほどにも達したその幼竜は、鮮やかさをいや増した深緑の鱗を陽光に煌めかせて、ノードの頭の上に降り立った。

「ばっか！　降りろ！　重い！」

「きゅきゅーい♪」

そう、殻を割り生まれた幼竜は、既に逞しく成長し、小さいながらも翼で宙を舞うようになっていた。

その成長した幼竜の体重が頭にのし掛かれば当然重いわけで、ノードは頭の上の幼竜に文句をつけながら振り落とそうと頭を振る。

しかし幼竜の方は遊んでもらっている程度に考えているのか、楽しげに揺れるノードの頭に器用に乗りながら、楽しそうな鳴き声を上げた。

「なにやってんだ……」

そのやり取りを見た先輩の鉄竜騎士団員は、呆れたように呟いた。

貧乏貴族のノードの、一人前の竜騎士としての道程は、まだまだ遠そうだった。

書き下ろし

I　在りし日の記憶

大きな木の根元に、隠れるようにして一人の少年が蹲《うずくま》っていた。

金色の髪と碧い瞳をもつその少年は、ぶすっとした表情を浮かべて、膝を抱えこんでいる。することがないのか、手慰みに近くに落ちていた枝を手にとって、ガリガリと苔のむした土を掘り返すようにして落書きをしていた。

地面に書かれているのは、覚えたての拙い文字や、鳥や虫、魚といった絵だった。ミミズがのたくったような崩れた文字はともかく、絵の方は特徴をよく捉えており、地面に描かれていることを考えれば、中々の出来映えといってよかった。

何とはなしに始めた落書きだったが、上手く描けたりすると存外嬉しいもので、少年の顔がだんだんと明るく楽しげになっていく。

「あっ！　……折れちゃった」

さあ、次は何を描こうか。自分が何故そこにいるのかも忘れ、すっかり落書きに夢中になっていた少年だが、その楽しい時間に唐突に終わりが告げられた。

つい力が入ってしまい、愛用と化した〝絵筆〟がポキッ、と音を立てて折れる。少年は代わりを探そうとあたりを見回したが、しっくりとくる〝絵筆〟となるものはなかった。

こうなると、楽しさで膨らんでいた心も途端に萎《しぼ》んでしまう。

少年は「ちぇ」と舌打ちをひとつ鳴らすと枝を投げ捨て、再びぶすっとした表情を浮かべ、抱え込んだ自分の膝に頭を落とした。

少年が木の下——隠れ家とこっそり呼んでいる場所——にいるのには訳があった。

——家出である。

自宅の裏庭にある木の裏側に隠れることを、果たして家出と言えるのかは疑問であったが、少なくとも少年は本気だった。

家出の理由は親への反抗だ。

剣術の稽古が厳しかったことや、剣の腕前があがらないことに嫌気が差して稽古で気を抜いた振る舞いをした少年を、父親が叱り飛ばし恥ずかしい思いをしたことなどが直接の要因ではあったが、大元の家出の理由——少年が不満を持った点は他にもあった。

例えば、最近妹が新しい服を縫って貰えたのに、自分は兄のお下がりのダボダボな服を着ているだとか、昨日食べたおやつの量が、明らかに自分のだけ小さかった気がするだとか、小さなことではあるが、挙げていけば切りがなかった。

他人にはくだらない理由だったとしても、少年が怒りに滾《たぎ》り、家を飛び出すには十分だった。

午前中に決行した家出は、じつに順調だった。

少年がいままさに身を潜めている木は、少年が住む屋敷の裏庭の隅に生えている。

木の幹は屋敷から見て裏側にあたる部分が、凹むような洞《うろ》になっていた。そこに少年が背を預けると、小さな体はすっぽりと隠れることができたのである。

これだけだと直ぐに見つかってしまうように思えるが、少年が隠れ家と呼ぶその木の洞の部分は、地面から大きく盛り上がった木の根っこや植え込みの草木、あるいは他の木々などが障害物となり、絶妙な死角となっていた。

そこに隠れる場所があると知り、余程近づかない限り見つからない、そんな場所だった。

少年は友人たちと庭で遊ぶ際、隠れんぼをしてここに身を潜めれば一度も負けたことがなかった。

昼頃に家人が少年を捜しに裏庭にやって来たが、そのときも息を潜めることで、無事にやり過ごすことができたのである。

ふと、少年が頭を膝から上げた。

気が付けば辺りはずいぶんと暗くなっていた。夜の帳《とばり》はすっかり落ちてしまっており、地面に描きあげた力作たちも、既に姿を捉えることが出来ない。

（……お腹減ってきたな）

グゥ、と腹の虫が鳴った。

少年が家を飛び出してから、既に半日以上が経っていた。

昼間には、家を出るときに厨房から調達してきた黒パンを食べて腹を満たした。しかし、それは全部食べてしまっていて、もう残りがない。

パンを入れていた袋——家出するために必要な服や木の剣を入れてある——の中を探すが、当然食べ物が出てくるわけがない。

着替えとして持ってきた服の上に、指の先ほどの小さな欠片が落ちていたので、口に含む。

それはパンの味こそするが腹を満たすには到底足りない。どころか、なまじ味を感じたためか、胃袋が飯を寄越せと、一層腹の虫がひどくなった。

辺りはさらに暗くなっていく。

腹は減るが、満たされない。

このままお腹が減り続けて、そのうち死んでしまうのではないか。漠然とした不安だけが大きくなっていく。

木の洞から少し顔を出して、屋敷の方をそっと覗き見る。

家の窓から外に漏れる明かりが、なんともあたたかく見えた。

(今日のごはん、なんだろうか)

シチューだろうか、それとも肉を焼くのだろうか。いやいや、そんなことはない。たぶんふかし芋だ。まてよ、そういえばパンをくすねたときに魚の塩漬けがあったぞ。ひょっとしたらあれを使った料理なのだろうか。

だんだんと夜の寒さがひどくなり、ぶるりと震える。

このままでは風邪をひいてしまうと思い、着替えを重ね着すると、感じる寒さが多少はましになったが、それでも腹が減るのだけは変わらない。

木の洞の中に戻って、再び膝を抱えて頭を埋《うず》めた。腹がぎゅるぎゅると鳴っているのを誤魔化すために、両の袖の肘の辺りをギュッ、と強く掴む。

ひもじさだけでなく、夜の闇に一人耐えなければならない寂しさで、少年はどうにかなってしまいそうだった。

「みーつけた」

突然少年の耳に、鈴のように響く声が届いた。

パッと顔を上げると、そこには少年と同じ金色の髪をした少女の姿があった。月光を浴びて煌めく髪の毛が、キラキラと輝いて見えた。

「ハンナお姉ちゃん……」

「お父さまから聞いたわよ、ノード。家出したんですって?」

「うん……」

少年——ノードは、姉の問いかけにコクリと頷いた。

「なんだってそんなことをしたの？」

「だって……」

怒るでもなく、ただ静かに優しく問いかけるハンナに、ノードはポツポツとその口から家出した理由を漏らしはじめた。

そして……


「うふふ……あはは！」

「もう、なんで笑うの！」

「ゴメンゴメン。だって、ノードったら可笑《おか》しいんだもの」

ハンナは堪らず、といった具合で口元を手で押さえて笑いはじめた。ノードが抗議の声を上げると、数回深呼吸したのちに、ハンナがふたたび優しげな声色でノードに話しかける。

膝を落とし、目の高さを合わせたハンナの碧い視線が、ノードを真っ直ぐに射抜いた。

「ノード、貴方の夢はなあに？」

「……格好いい騎士になること」

「だったら、考えてごらんなさい。貴方の今日の行動は、格好いい騎士としての振る舞いだったかしら」

「……違う」

「そうよね。お父様が貴方に厳しくするのも、稽古で気を抜いて今日怒られたのも、貴方が立派な騎士になるために必要なことだって、ノードにはわかるわよね」

「……うん」

「嫌なことがあったからって、投げ出して逃げ出すような人は、ハミル王国の立派な騎士になれるのかしら」

「……なれない」

「貴方が、いますべきことは何か、わかる？」

「…………お父様に、謝る」

たっぷりと時間をかけて、ノードはその答えを口にした。

自分の過ちを認めるというのは、恥ずかしくそして出来ればやりたくない行動だったが、真っ直ぐにノードを見つめるハンナの顔を見て、誤魔化しや嘘はつけなかった。

「なら、帰りましょう。お姉ちゃんも一緒に謝ってあげるから」

「うん……あのね、お姉ちゃん」

「なあに？」

「……………ありがと」

「ふふふ、どういたしまして」

ハンナの手をとって、ノードは姉と共に家へと向かった。庭の隅から少し歩くだけの距離ではあったが、ノードには手を繋いでくれる姉の存在が実に頼もしかった。

いつもそうだった。

何か困ったことや、ノードが悲しいときにはいつも姉が来てくれる。泣いているとき、怒られたとき、寂しいとき。いつも側にいてくれるのが姉なのだ。

ノードはそんな姉が大好きだった。

家に戻って食べた晩ご飯は、とてもあたたかく幸せな味だった。

Ⅱ　夜番と朝食

「ノード、ノード！　起きて！」

「うん……、姉……さん……？」

「寝ぼけてるの？　私は貴方の姉になった覚えはないわよ」

「ああ、……エルザか」

　半開きの目に、光が飛び込んでくる。提燈《カンテラ》の光だ。暗闇に慣れた目には眩しすぎるその光を、手を翳《かざ》すようにして遮る。

　ボヤけた視界にうつる人影を、寝起きの頭が姉のハンナだと誤認したが、直ぐにその間違いに気が付いた。

「交代の時間か」

「ええ、どうやらぐっすりと眠れたみたいね」

「お陰様で」

「夜明けまで私は一眠りするから、最後の夜番よろしくね」

鎧の一部を取り外しながら、眠そうにエルザがそう言った。

ノードは欠伸《あくび》交じりの声を背に受けながら「わかった」と短く答えると、夜番に必要な物を抱えて天幕《テント》の外へと向かった。

外はまだ暗かった。空は濃紺に染まり、まだ星も煌々と輝いている。月は既に大きく傾いているが、それでも夜明けまでは数刻はあるらしかった。

夜の寒気に全身で浴びながら、ノードはひとつ背伸びをした。ポキポキと骨が鳴る音がして、少しだけ眠気が覚めた。

夜番とは魔物などの夜襲を警戒して行われる索敵行動だが、実際のところ、やることはほとんどない。見張るだけである。

罠を仕掛けたり、周囲を巡回して異常がないか確認をしたりすることもあるが、それはもっと大人数で夜営をする場合であり、少人数では基本的に行わない。人手が足りないからだ。

ノードとエルザのように、ペアあるいは少人数で組んでいる冒険者の場合は、せいぜい鳴子を周囲に仕掛けておく程度だ。無いよりはましなのだが、気休め以上のものにはならない。例えば人であれば罠を見つけて解除するくらいはやってのけるし、魔物であっても知能が高いものや警戒心が強いものは、罠を避けながら進むくらいの芸当はできるからだ。

最後に頼れるのは、やはり信頼できる仲間の目であり、耳である。夜番が気を抜いてうたた寝をしてしまい、あやうく全滅しかけた、というのは酒場に行けば誰かが話しているほどに、巷にあふれている失敗談の一つだった。

とはいえ、夜襲が起きるような事態に遭遇することはほとんどないといってよい。危険地帯——魔物の襲撃が予想される場所で寝泊まりするなら話は別だが、大抵は安全な場所を選んで野営をする。ノードたちもその例に漏れず、魔物と遭遇しないような場所を選んでいた。

なので、暇をもて余しながら、ただじっとして、有るかも分からない襲撃を警戒しつづけるのが、夜番の主な仕事となるのだった。

天幕《テント》から出たノードは、防寒用の外套《マント》を羽織った。これは夜番をするには必要不可欠といってもよい代物である。

野営地には焚き火もあるが、夜番担当がずっと火にあたることは出来ない。火の光をずっと見つめていては夜目が利かなくなるからだ。火を絶やさないように管理するのも夜番の仕事ではあるから、時折薪をくべたりはするものの、焚き火にあたって暖をとるようなことは、できるだけしないのが夜番の鉄則だった。

しかし、そうはいっても寒いものは寒い。真夏でもなければ、夜はぐっと冷え込むものなのだ。体力を無駄に消耗することも出来ないので、体を動かして温まることもできない夜番には、防寒用装備は、鎧と並んで心強い味方なのである。

（……ん？）

そんな防寒用装備を羽織ったノードだったが、椅子代わりの倒木に腰をかけて、外套《マント》の襟元を引き上げるようにして口元まですっぽりと覆ったところで、ある違和感を感じ取った。

外套《マント》から、花のような芳しい香りがしたのである。

「しまった。これはエルザのだったか」

冒険者が使う防寒用の外套《マント》は、どの店で買っても似たようなデザインである。さらに、ノードとエルザはほとんど身長が変わらないため、パッと見ではどちらの物か判別が付かない。

天幕《テント》を出るときに、間違えて持ってきてしまったのだろう。

ノードは一旦取りに戻ろうかと考えて立ち上がりかけたが、「まあ、別にいいか」と直ぐに思い直し、再び腰を倒木の上へと戻した。

ただそれだけのために、わざわざ眠りに就いたエルザを起こすこともあるまい。そう思ってのことだった。

冒険者同士で、その場で消耗品などを融通しあうなどは、日常茶飯事だ。流石に装備を貸すことはほとんどないが、天幕《テント》などの物資であれば、共有して使う。それが外套《マント》であっても決しておかしな話ではない。

そう気を取り直して、ノードは夜番を開始した。

いい香りのする外套《マント》は、いつも使うものよりほんの少しだけ、暖かく感じられた。

§

天上に瞬いていた星たちが姿を隠し、夜空が瑠璃色に染まっている。もうしばらくもしないうちに、空が端からだんだんと白くなり始めるだろう。夜明けだった。

(そろそろ準備を始めるか)

そう考えながら、ノードは防寒用に纏っていた外套《マント》を脱ぐと、薪を掴んで夜通し燃えていた焚き火にくべた。

ちろちろと、かすかに燃え残っていただけの火が、薪に燃え移り大きな炎へと姿を変える。

ノードは焚き火の回りに組まれた石を崩さないようにして、鍋を乗せて火にかけ始めた。

鍋の中に水をたっぷりと注ぎ、そこに麦を投入する。しばらく煮込めば麦粥の出来上がりであるが、これだけではどうにも味気ない。

道具類をしまっているズタ袋の中から、昨晩のうちに採取しておいた山菜類をいくつか取り出す。下処理が既に済ませてあるそれと、これまた朝に使おうと、昨晩とっておいた野鳥の肉を小さく切り分け、鍋に投入。蓋を落として暫く煮立てれば、豪勢な朝食の出来上がりとなった。

出来上がった麦粥の味を調えようと、ノードが鍋に塩を足していると、天幕《テント》の方からゴソゴソと音が聞こえた。

音に反応してそちらを見ると、丁度身支度を整えたエルザが出てくるところであった。

「お早う、ノード。良い朝ね」

「お早う。起こすまでも無かったな」

「あー、良い匂い。早く食べさせて」

「分かったから少し待て、今、味を調えているところだ」

朝餉《あさげ》の香りに誘われて、寝床から這い出てきたエルザに麦粥をよそった椀を差し出すと、エルザはそれを上機嫌で食べ始めた。

「ん〜、美味しい。本当にノードは料理が得意よね。正直、ノードと徒党《パーティー》を組んで一番得したと思ったのは、美味しい料理が出てくることよ」

「そいつはどうも」

冗談とも本気ともつかない表情で、エルザがノードの料理の腕前を褒め称えた。

ノードも自分の分をよそうと、エルザの近くに腰を下ろして食べ始める。

白く輝く麦粥を匙《さじ》で掬《すく》うと、ほかほかと湯気が立ち上る。それを口の中に運べば、滋養のある旨味が舌の上へと広がった。

うむ、上出来。納得したように頷きながら今度は鶏肉の欠片を掬い口の中へ。ジュワリ、と濃厚な肉汁が溢れた。

「正直、私だけじゃなくて、リセスやアルミナなんかより上手じゃない？　ノードに料理の腕で勝てるのって……誰？」

「俺の料理は姉上仕込みだからな。多少は自信がある。まあ、シノには劣るが」

「そういえばシノも料理上手だったわね……ちょっと自信無くすわ」

エルザによる料理の腕前の品評が、ノードだけでなく仲が良い冒険者の徒党《パーティー》であるジニアスたちにまで広まった。

ジニアスたちとは、たびたび依頼を共にする仲であり、その際には料理当番は持ち回りで担当することにしていた。そのため、誰が料理上手で誰が下手なのかは、依頼を受けるたびに、自然と判明していった。

一番料理が上手いのは、シノだ。故郷の村で宿屋の次男に生まれたシノは、幼い頃から料理を手伝っていたという。ジニアスたちと一緒に冒険者になった理由が、自分の宿屋を開きたいからというだけあって、その料理の腕前はかなりのものだった。

シノに続いて料理上手なのがノードだった。子供の頃から料理を姉のハンナに教わっていたため、料理の腕にはそこそこの自信があった。

ジニアスの徒党《パーティー》の女性陣であるリセスとアルミナもまた、なかなかの腕前を見せた。リセスは母親から、アルミナは猟師だった両親から料理の手ほどきを受けていたらしく、シノやノード程ではないにせよ、美味しい料理を作っていた。

後の面子《メンツ》――つまり、ノードの相棒であるエルザと、ジニアス、そしてゲイゴスは似たり寄ったりの腕前だった。

ジニアスは剣の扱いは上手いのだが、何故か料理になると不器用になるという不思議な人間だっため、彼が作れるのは簡素な料理に限られた。塩をふって焼いただけの肉か魚が、ジニアスの当番のときの献立だった。

ゲイゴスは「食べられる物であれば何でもよい」という哲学を持っており、腹を壊さず滋養のあるものを作ることを優先していて、味は二の次だった。そのため、不味《まず》いのか美味《うま》いのかは、食べて見るまで分からなかった。

そしてエルザはというと……

「まあ、そのエルザの料理は……なんていうか、雑だよな」

ノードが精いっぱい気を使って選んだ言葉が、そのエルザの料理の本質を表していた。

言葉の通りで、エルザの料理は豪快を通り越して雑の一言に尽きた。

切り方は適当で、ときには肉を骨ごとぶった切る。野菜の皮を剝いたら、捨てた方に身が多くついている。味の調え方は気分次第で、確かめることなく適当に塩を鍋にぶち込む、というのがエルザの料理スタイルだった。味は……思わず眉をしかめたくなるものだった。

ノードと出会うまでは、冒険者向けの店売りの保存食を食べていたらしいので、料理が出来なくても問題が無いといえば無いのだが。二人で依頼に出向くときは、基本的にノードが料理を担当するのがすっかり通例となっていた。

「そ、その姉上って、どんな人なの」

「うん、姉上か……まあ、二人目の母親って感じだったな」

「前にフェリス家《うち》が子沢山だというのは話しただろう？　それで、俺には三つ下の妹がいるんだが、どうしても母親の目は妹に向いていたからな。今でなら、弟妹がいる場合は仕方ないことだとわかるけど、当時はかまってもらえず寂しくてな。そんなときは、大体ハンナ姉上がそばにいてくれたものさ」

「二人目？」

「ふーん。それで、二人目の母親ってわけね。てことは、この料理はノードの姉さまの味なわけだ」

「ま、姉上は母上から料理を学んだらしいから、母の味でもあるんだがな」

音を立てずに麦粥の入った椀を空にしたエルザが、沸騰して湯気を立てる薬缶《やかん》からお湯を注いだ。かき混ぜて、飲み干してしまえば、食材は無駄にはならないし器を洗う手間が省ける。冒険者など野外で活動する人間の知恵だった。

「エルザは料理とか習わなかったのか」

「わたし？　わたしはね……習ったことはあるのだけど……」

歯切れ悪くそう言って、エルザはちらりと横に視線を向けた。ノードもつられてそちらを見た。

そこには一振りの槍――エルザの武器があった。

「槍？」

「一応、母さまは料理を教えようとしていたのだけれどね……わたしは、父さまとか兄さまから槍を習うのが楽しくて、つい、ね？」

バツが悪そうな表情を、エルザが浮かべた。ノードはその顔が、いたずらをしてしまった子供のそれにしか見えなくて、つい可笑《おか》しくなってしまった。

「笑うことはないでしょうに」

「いや、スマンスマン……」

あはは、と笑うノードにエルザがぷりぷりと腹を立てて怒る。

その様子が、夢の中の自分と被ってさらに可笑しく思えた。

「笑って悪かった。そう言えば、エルザの家族のこと聞いたこと無かったよな。よかったら、聞かせてくれよ」

「いいわよ。私の実家は東方にあってね、ハミル王国の国境沿いあたりの村で生まれたらしいわ」

「らしい？」

「私とか、ノードが産まれるくらいに戦争があったじゃない。どうも、ウチの家はその辺りで貴族をやってたらしいのよ」

「あー……悪いこと聞いたな」

貴族をやってたらしい、というのは十中八九没落したということである。そして、ノードが産まれる前後に起きた戦争に負けたということは、ハミル王国にお家が滅ぼされたとほぼ同義だ。

十五年程前に、ハミル王国と東方に位置する国家との間で、大きな戦争が起きた。

結果は、ハミル王国側の完勝といってもいいものであり、これを切っ掛けに王国の東方地域は、大きく拡大した。

しかし、勝者の影には常に敗者が伴う。

ハミル王国が勝ち、大量の領土を得たということは、その逆の目に遭った貴族も大勢いたということである。

そしてその内の一つがエルザの実家ということであれば、ハミル王国の貴族であるノードに対して、良い感情は抱けないだろう。そう思っての、ノードの謝罪だった。

「何水くさいこと言っているのよ。そもそも、わたしは全然気にしてないわ」

「そ、そうなのか？」

「当たり前じゃない。そもそも、自分が物心つく前の戦争よ？　良いとか、悪いとか考える余地が無いわ。まあ、家族が死んでいたなら、また話も違ったかもしれないけれど、幸い父さまも母さまも、そして兄さまも無事だったらしいから」

だから、貴方が気にすることなんてないのよ。とエルザは言った。

「父さまたちは、まだ貴族に未練があるみたいだけど、私はこうして冒険者している方が、ずっと楽しいわよ」

なにより、こうして貴方の美味しいご飯が食べられるんだもの。椀の中に入った白湯《さゆ》を飲み干したエルザがまぶしい表情を浮かべてそう言った。

ノードもまた、自分の椀を呷《あお》った。白湯はすっかり温《ぬる》くなっていた。

それを一気に飲み干すのと、エルザが言葉を発するのとは同時だった。

「あ、見てノード、太陽が出てきたわ」

エルザが東の方角を指さした。そちらを見れば、山の稜線から朝日が顔を覗かせ始めている。

話し込んでいる間に、いつのまにか夜が明けたのだ。

空は青々として、白い雲があちこちにたなびいている。

雲の動きはゆったりとしていて、天候が崩れる心配はなさそうだった。

ノードは片付けを済ませるべく、ゆっくりと立ち上がった。

あたらしい冒険の日が、またはじまろうとしていた。

あとがき

『貧乏貴族ノードの冒険譚』をご購入いただき、まことにありがとうございます。

作者の黒川《くろかわ》彰一《しょういち》と申します。小説家になろう連載当初は、zip少輔と名乗っておりましたが、このたび、書籍化にあたって改名いたしました。

zip少輔の名前の由来は、官位の治部《じぶ》少輔《しょうゆう》なので、正式には黒川zip少輔彰一となるのでしょうか。お仕事は多分、いんたーねっとにおける画像の収集でしょう。画像ハラディ！

そんなどうでもいい自己紹介はさておいて、これより後書きなるものを書かなければならないわけですが、どういたしましょうか。

世の中は広いもので、後書きから読んでみて、それが面白かったら買うよ、という嗜好の持ち主も稀によくいるらしいですね。そんな新規のお客様開拓のために、何か面白いことを書き上げてやるぜ、と試みはしたのですが、諦めました。よく考えれば、そんな面白いボケを思いつくのであれば、今頃ギャグコメディでも書いて、とっくに大儲けしていますからね。そんな才能はない。

というわけで、どうせなので、この作品の誕生秘話でも書いてみます。

一応、小説家になろうの方でも、執筆する原動力になったことをいくつか活動報告とかで言及したのですが、あれは比較的まじめなやつです。競馬でレース見て感動したとか、他のなろう作品見て自分も書きたくなったとかは、原動力になったのは事実ですが、作品を書いたそもそもの理由はまったく別のところにありました。

あれは、今から数年も前のことでした……。

当時、ニート生活を続けていた私は、パソコンの前である感情に支配されていました。

「ステラリス面白そう。めっちゃやりたい」

しかし、私はニート。当然お金など持っていません。財布の中を覗き込んでも、そこにあるのは数枚の硬貨だけ。それも銅とかアルミでできたやつ。勿論、ゲームを買えるわけもありませんでした。毎日、面白いプレイ動画をネットで見て楽しむだけの日々を送っていましたが、そんな私にある時、転機が訪れます。

「お前がオススメしてきた、ステラリスってやつ買ったわ。一緒にやろうず」

そう提案してきたのは、友人のS君でした。彼は大学生活の集大成である就活を、五月にささっと決めて、暇を持て余していました。そんな暇人ですので、遊び仲間を欲して私に声をかけてきたのです。

私は言いました。

「めっちゃやりたいけど、金がない」

友人は言いました。

「働け」

実にその通りなのですが、ニートなので、それはいやでした。なので私はこう言い返しました。

「一緒にゲームしてあげるから、買ってクレメンス」

友人からは、「○ね」と短く端的な回答が返ってきました。そのときはそれで終わりだったのですが、このやり取りはその後にわたって何度か繰り返されます。ここで重要なのは、ステラリスとは大変面白いゲームということです。ソロプレイだけで十分楽しめるのですが、マルチプレイをするとさらに面白いゲームでした。野良のプレイヤー同士でマルチをしてもいいのですが、わざわざ外人たちと、クソみたいなラグを乗り越えてプレイするのは面倒です。気心の知れた友人同士で、まったりとプレイしたいというのが、人情です。何度も何度も右のやりとりを繰り返しました。

そして、とうとうその時が訪れます。

「しようがねえな。ステラリスがちょうどセールやってるし、買ってやるよ」

就活を早くに終え、予定よりも出費が大幅に抑えられたS君は小金持ちでした。なので、目先の数千円よりも、いま遊べる楽しさを優先したのです。私は内心しめしめ、と思いました。

ただ、流石は大学生です。ニートをしていた私と違い、S君には経済観念というものがありました。少しでも使ったお金を有効活用しようと、彼はこう言いだしました。「小説を書け」と。

当時、ニート歴がベテランの域に達していた私は、暇を持て余して小説の設定を考えていました。それを、友人S君に「こんな話考えたわ」と話すのです。S君はそのたびに言いました。「書けよ」と。今思えば、拙いながらも、こうして自分の作品を書籍化してもらえているわけですから、当時考えていたその設定もそれなりに面白かったのでしょう。なので、S君はゲームの代価に小説を書かせようと思いついたのでしょう。その文字数、四万字。

短・中編小説くらいになるその文字数は、今はともかく、小説を書こうとは考えても、実際に書き上げた経験のない当時の私には、かなりの難易度だったのですが、私は無謀にもその条件を引き受けました。そして、私はねんがんのステラリスを手にしたのです。

ステラリスはとても面白いゲームでした。

幾たびにも及ぶアップデートを経て、変化するゲーム内容。そのたびに宇宙を滅ぼし、支配しました。S君とも何度も遊びました。かけがえのない体験でした。しかし、終わらない夜が無いように、やがてその時がやってきます……。

「で、いつ書くの？」S君が言いました。私はすっとぼけました。

「はよ書けよニート。暇だろ」事実でした。でも私には、民を導く義務があった。

「そろそろ仕事が始まるんだが？」私にも別のゲーム（フリゲ）との出会いが待っていました。

そうこうしているうちに、時間は流れ、季節は廻ります。春が訪れ、風が薫り、夏が去って、秋の足音がする。雪が降り積もり、陽射しで溶けて、新しい命がまた芽吹く……。いつのまにか、二年の歳月が過ぎていました。

すっかり立派な社会人として働く友人S君との関係は、まだ続いていました。

仕事が大変だと嘆く彼を慰めたり、いきなりの長期出張を命ぜられた彼が隣県に引っ越してきたので飯を奢ってもらったり、そして休日にはゲームをともにプレイしたりしました。

そして、そんな日々を送っていると、彼がこう言うのです。

「書いたの？」

いつものやりとりでした。友人との間で行う、定型句化したそのフレーズに、私はいつもと違う言葉を返しました。

「おう、書いたから読めや」

私は小説家になろうの作品のＵＲＬを貼りました。

数千文字の話を、書き続けました。話数が増えるごとに、トータルの文字数は積み重なり、小説情報から読める総文字数のカウンターが、あるとき一万文字を超えました。Ｓ君は言いました。

「まだ四分の一やぞ」

総文字数が二万字を超えました。

「は？　まだ半分残ってるやろ」

三万字を超えて、それでも書き続け、とうとう四万字になりました。

Ｓ君はこう言います。

「ストーリーにオチつけろよ。完結しないと小説とは認めないから」

私は小説を書き続けました。くじけそうなときもありましたが、そのときには、小説を書く楽しさに目覚めていましたし、何よりブクマをつけてくれた読者のためにも頑張りました。

文字数が倍の八万を超え、そして十万字に達し、そしてとうとう完結の日を迎えました。

この辺りで、なんと初めての感想も貰えました。私は作品を完結させたのち、友人Ｓ君と話しながら、感無量にこう言いました。

「あー、ようやくこれで四万文字の返済が終わったなあ。完走した感想は……」「なに言ってんの？」「……え？」

S君が、ちょっと怖い声色で遮りました。困惑する私に、構わずにS君はこう続けます。

「利子の分は？」「り、利子……？」「そらそうだよ。お前何年支払い放置したと思ってんだ。ウチは複利だから。お前の文字数膨れ上がってんぞ」「ど、どのくらいですか……」

震える声で尋ねる私に、彼はこう答えます。

「ざっと400万字を超えてるからなあ。まあ端数はおまけにしとくわ。さっさと、残りの390万字を納めるんだヨ！　あくしろ!!」

いまでも、S君への返済は終わっていません……。

終わり

以上、誕生秘話でした。（ほぼノンフィクション）

みんなも闇文字業者には気を付けてください。では次巻で会いましょう。

読んでくれてありがとう!!

EARTH STAR NOVEL

貧乏貴族ノードの冒険譚　1

発行 ―――― 2020年2月15日　初版第1刷発行

著者 ―――― 黒川彰一

イラストレーター ―――― エナミカツミ

装丁デザイン ―――― 関善之＋村田慧太朗（VOLARE inc.）

発行者 ―――― 幕内和博

編集 ―――― 稲垣高広・齋藤芙嵯乃

発行所 ―――― 株式会社 アース・スター エンターテイメント
〒141-0021　東京都品川区上大崎3-1-1
目黒セントラルスクエア　5F
TEL：03-5561-7630
FAX：03-5561-7632
https://www.es-novel.jp/

印刷・製本 ―――― 図書印刷株式会社

ISBN 978-4-8030-1391-7